fig. 1

fig. 2

fig. 3

fig. 4

fig. 5 a

fig. 5b

fig. 6

fig. 7

fig. 8

fig. 9

fig. 9bis

fig. 10

絵物語

動物農場

（新訳版）

ジョージ・オーウェル

金原瑞人訳

カンタン・グレバン画

パイ インターナショナル

カトリーヌとエリックへ
カンタン

目次

『絵物語　動物農場』おもな登場人物

お屋敷農場／動物農場

ミスタ・ジョーンズ
ミセス・ジョーンズ

豚

メイジャー
スノーボール
ナポレオン
キーキー
ミニマス
ピンクアイ

犬

ブルーベル
ジェシー
ピンチャー

馬

クローバー
ボクサー
モリー

ヤギ

ミュリエル

ロバ

ベンジャミン

カラス

モーゼズ

フォックスウッド農場

ミスタ・ピルキントン

ピンチフィールド農場

ミスタ・フレデリック

その他

ミスタ・ウィンパー（弁護士）

FERME DU MANOIR

第1章

　お屋敷農場のミスタ・ジョーンズは夜になったのでニワトリ小屋の鍵をかけたものの、酔っ払っていて、通り抜けの穴をふさぐのも忘れ、そのままランタンの光の輪を左右に揺らしながら、のんびり庭を歩いていった。そして裏口のドアを入ると長靴を蹴飛ばすようにして脱ぎ、食器室のビール樽《たる》に残っていた最後の一杯をコップについで、ベッドまで持っていった。ミセス・ジョーンズはすでにいびきをかいている。

　寝室の明かりが消えるとすぐに、農場にあるいくつもの小屋で騒々しい物音が始まった。というのも、ヨークシャー種の立派な雄

豚、メイジャーが前の晩に奇妙な夢をみたといううわさが広がり、メイジャーがそれについて話したいといっているらしく、ミスタ・ジョーンズにみつかるおそれがなくなったらすぐ、大きな納屋《なや》に全員集まることになっていたのだ。オールド・メイジャーは（みんなからはそう呼ばれているが、品評会では「ウィリンドンの最優秀豚」という名札がつけられた）この農場でとても尊敬されていて、そのメイジャーがどうしても話したいというのなら、睡眠時間が一時間へるくらい、だれもなんとも思わなかった。

メイジャーはすでに、大きな納屋の奥にある少し高い棚にしつらえた寝ワラのベッドにいる。上の梁《はり》からはランタンがぶら下がっている。メイジャーはもう十二歳で、最近はかなり太ってきたが、まだりりしく、牙《きば》は一度も切られたことがなく、のびっぱなしだが、賢くやさしい顔立ちだ。すぐにほかの動物がやってきて、それぞれ好きな格好でくつろいだ。最初にやってきたのは三頭の犬で、名前はブルーベル、ジェシー、ピンチャー。次に豚が数頭、奥の棚のすぐまえまでやってきた。ニワトリたちは窓の桟《さん》にとまり、ハトたちは羽ばたいて屋根の梁にいき、羊や雌牛は豚の後ろで、胃の中身を口にもどしてくちゃくちゃ嚙《か》んでいる。荷馬車を引く馬が二頭いっしょに思い切りゆっくり歩いてきた。ワラの下に小さな動物がいないか用心しながら毛むくじゃらの大きな蹄《ひづめ》を用心深く下ろしている。雌馬のクローバーはいかにも母親らしい立派な体型で、中年に差しかかっている。四回出産ののち、体型は完全にはもどってはいない。雄馬のボクサーはとにかく大きい。体高《たいこう》は二メートル近く、普通の馬二頭分の力がある。鼻筋が白いので、なんとなく間が抜けてみえる。実際、それほど頭がいいわけではなく、みんなから尊敬されているのは、いつも落ち着いていて、人一倍仕事をするからだ。そのあとからやってきたのは、白ヤギのミュリエルとロバのベンジャミン。ベンジャミンは農場で一番年上で、一番怒りっぽい。ほとんど口をきかず、口を開くときは皮肉っぽいことしかいわない。たとえば、こんな調子だ。神さまはハエを追い払うために尻尾をくださったが、ハエがいなけりゃ、尻尾もいらない。また農場で笑わないのもベンジャミンだけだ。なぜ笑わないのかたずねられると、おかしいことなど何もないからだと答えた。そのくせ、ほかの動物のまえでいうことはなかったが、ボクサーのことが大のお気に入りだった。日曜日にはいつもいっしょに、果樹園のむこうの小さな放牧地でボクサーと黙って草を食べている。

二頭の馬が落ち着いたかと思うと、今度は母親をなくしたアヒルの子どもたちが一列になって納屋に入ってきた。そしてか細い鳴き声をあげながら、あっちこっちにいって、踏まれずにすむ場所をさがし始めた。クローバーが太い前脚を壁のようにして囲ってやるとすぐに、アヒルの子どもたちはそのなかで眠ってしまった。最後にやってきたのがモリー。頭が空っぽの、白くてかわいい雌馬で、ミスタ・ジョーンズの二輪馬車を引くのが仕事だ。モリーは砂糖の塊をかじりながら上品な足取りでやってきた。そしてまえの方にいって、白いたてがみを振りながら、たてがみに編みこんである赤いリボンでみんなの目を引こうとした。最後の最後にもう一匹、猫が入ってくるとあたりを見回して、いつものように暖かい場所をさがし、結局、ボクサーとクローバーの間にもぐりこんだ。そして満足そうに喉《のど》を鳴らしながら、メイジャーの話の最初から最後までひと言もきかなかった。

農場の動物でここにいないのはモーゼズだけだ。モーゼズはミスタ・ジョーンズが飼っているカラスで、母屋の裏口の後ろにあるとまり木で眠っていた。メイジャーは、みんながくつろぎながら、待ち構えているのをみると、せき払いをして話を始めた。

「さて、みんなもすでに、わしが昨夜みた不思議な夢のことはきいていると思う。だが、その話はあとにしよう。先に話しておきたいことがあるからな。さて、わしはもうあと何ヵ月もみんなといっしょにいられないと思うので、死ぬ前にひとつ、これまでに身につけた知識を伝えておくのが自分の義務だと考えている。もうずいぶん長いこと生きてきて、自分の小屋でひとり横になって考える時間もたっぷりあった。だから、この地上におけるわれわれの生活については、いま生きているどんな動物よりもよくわかっているつもりだ。それについて、これからみんなに話そうと思う。

さて、みんなにききたいのだが、われわれのこの生活をどう思う？　目をそらさず、しっかり考えてみてくれ。みじめで、苦しく、短い、そうではないか？　われわれは生まれ、生きていくのに最小限の食べ物を与えられ、働ける者は倒れるまで働かされ、倒れればすぐさま残酷に殺されてしまう。このイギリスに生まれて一年以上たった動物で、幸せや楽しみの意味を知っている者がい

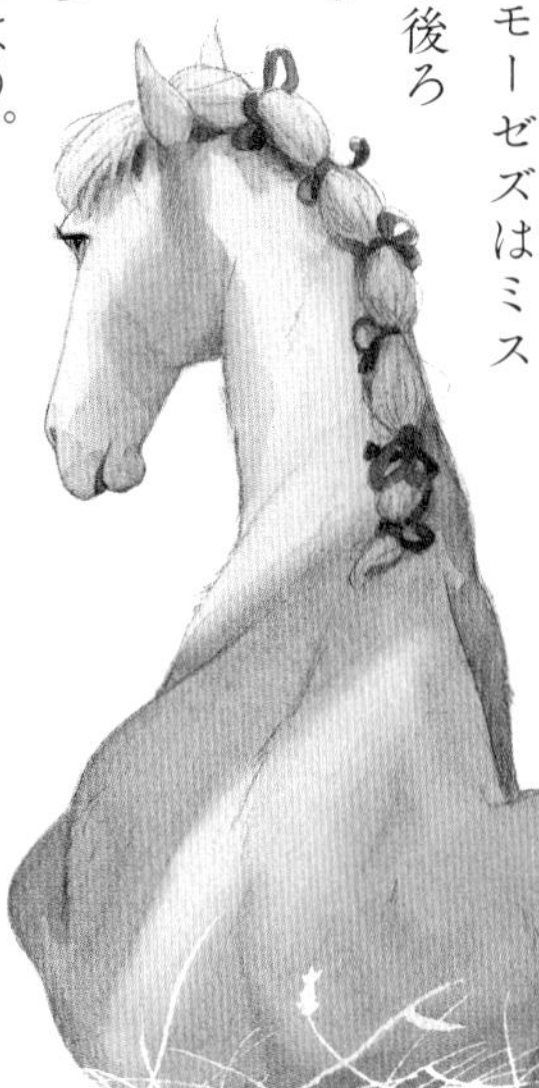

るだろうか。いや、イギリスの動物はみんな自由を奪われている。みじめな奴隷《どれい》の生活を強いられているのは、疑うことのできない事実だ。

しかし、これはしかたのないことなのだろうか。この土地がやせているから、そこに住む者たちがまともな生活ができないのだろうか。いや、そんなことはない。何度でも繰り返しいうが、そんなはずはないのだ！　イギリスの土地は肥沃《ひよく》で、気候にもめぐまれている。食べ物はふんだんにあって、いまより多くの動物がいても十分にゆきわたる。この農家一軒で、馬を十頭、雌牛を二十頭、羊を何百頭も養うことができるのだ。それも、快適で、立派な暮らしができる。いまのわれわれにとっては夢のような話だ。それなのになぜ、われわれはこんなみじめな生活を送らなくてはならないのだろう。それは、われわれが働いて得たものをほとんどすべて、人間が盗んでいるからだ。そう、ここにわれわれの抱えている問題の答えがある。ひと言でいってしまえば——元凶は人間。人間こそが、われわれの唯一にして真の敵だ。人間さえいなくなれば、飢えと重労働の根本的な原因は永遠になくなるだろう。

消費するばかりで何も生産しないのは人間だけだ。人間はミルクを出

さない。卵を産まない。力がないからろくに畑を耕すことができない。足も遅く、ウサギさえつかまえられない。そのくせ、すべての動物を好きなように使う。動物を働かせ、そのかわりに飢え死にしない程度の食べ物を与え、あまったものは自分たちのものにする。われわれが土を耕し、われわれの糞《ふん》が土地を豊かにしているというのに、われわれが手にしているのは自分の皮だけだ。そこにいる雌牛たちにきくのだが、この一年で、どれくらいミルクを出した。そして、その子どもをたくましく育てるためのミルクはどうなった。一滴残らず、われらの敵が飲みつくしたのではないか。そして雌鶏たち、おまえたちはこの一年間で卵を何個産んだ。その卵からは何羽かひながかえっただろうが、残りはすべて市場に持っていかれ、それを売った金《かね》はすべてジョーンズや手下のものになった。そしてクローバー、腹を

痛めて産んだ四匹の子どもはどこにいる。おまえの老後の支えであり楽しみになるはずだった子どもたちはどうなった。どの子も一年たつと売られていき――もう二度と会えない。四度子どもを産んで、畑でせっせと働いて、その見返りは、死なない程度の食料と寝場所だけだ。

そのうえ、このみじめな生さえ、全《まっと》うすることができない。生きるということに関しては、わしは満足している。幸運だった。なにしろ、十二年も生きてきて、子どもの数は四百匹以上。これが豚の自然な生き方だ。しかし、どんな動物も最後は刃物で殺される。わしのまえに座っている若い豚の諸君、きみたちはひとり残らず、一年以内に、食肉処理場の台の上で悲鳴をあげながら死ぬことになる。その恐ろしい運命が、われわれすべてを――雌牛、豚、ニワトリ、羊など――すべてを待っているのだ。馬や犬の運命はまだましかというと、そんなことはない。ボクサー、おまえにしても、その立派な筋肉に力が入らなくなったら、ジョーンズはおまえを馬の処理業者に売るだろう。業者はおまえの喉をかき切って、ゆでて、猟犬の餌にしてしまう。犬だって似たようなものだ。老いぼれて歯が抜けるようになると、ジョーンズはその首にレンガをくくりつけて、近所の池に沈めてしまう。

みんな、これでよくわかっただろう。われわれがみじめな一生を送らなくてはならないのはすべて、横暴な人間のせいなのだ。人間を追放せよ。そして自分たちが作ったものは自分たちのものにしよう。そうすれば、ひと晩のうちに、われわれは豊かになり、自由になる。そのためには何をすべきか。そう、昼も夜も、身も心もささげて、戦うのだ。そして人間を追い出す！　これがわしからみんなへのメッセージだ。反乱だ！　いつその反乱が起こるか、一週間後かもしれないし、百年後かもしれない。しかしわしには、この足元のワラがみえるのと同じくらいはっきりみえている。遅かれ早かれ、正義は勝つ。みんな、そのことを忘れるんじゃないぞ。短い一生かもしれないが、死ぬまで、忘れるな！　そして何より、このわしのメッセージをのちの世代に伝えてくれ。そうすれば、未来の動物たちがこの闘争を続け、ついに勝利するときがくるはずだ。

そして、いったん、こうと決めたら、絶対にためらわないこと。何をいわれても、ひたすら突き進むこと。決して人間の言葉に耳を傾けてはならない。人間と動物の利益は共通だ、片方が繁栄すれば、もう片方も繁栄すると、彼らはいうだろう。それはすべて嘘《うそ》だ。人間は自分たちの利益しか頭にないのだ。さあ、われわれ動物は一致団結して、この戦いにいどもうではないか。人間はすべて敵だ。動物はすべて仲間だ」

そのとき大きな騒ぎが起こった。メイジャーが話している最中に、四匹の大きなネズミが巣穴からこっそり出てきて座り、話に耳を傾けていたのだが、突然、三頭の犬がそれに気づいたのだ。ネズミたちは危機一髪、巣穴に飛びこんだ。メイジャーは前足を上げて、静かにするよう合図した。

「さて、ひとつ決めておかなくてはならないことがある。野生の動物をどうするかだ。ネズミや野ウサギは、われわれの仲間なのか、それとも敵なのか。それを投票で決めようと思う。そこでみんなにたずねるのだが、ネズミは仲間だろうか」

すぐに採決がとられ、圧倒的多数で、ネズミは仲間だと決まった。反対したのは、三頭の犬と一匹の猫だけだった。あとで、猫は賛成と反対の両方に手を挙げたことが判明した。メイジャーは話を続けた。

「これでもう、ほとんどいうことはない。ただ繰り返しておくが、常に忘れないでほしいのは、人間は敵であり、人間のすべてのやり方も敵だということ。二本足の生き物はすべて敵だ。そして四本足の獣と、翼のある鳥はすべて仲間だ。それからもうひとつ、忘れないでほしいのは、人間との戦いにおいて、われわれは人間を真似てはいけないということだ。そして彼らに打ち勝ったとしても、彼らのあくどいやり方を真似してはならない。動物は家に住むべきではないし、ベッドで寝るべきではないし、服を着るべきでは

ないし、酒を飲むべきではないし、タバコを吸うべきではない。金《かね》に触れてはならないし、商取引に手を出してはならない。人間のすることはすべて間違っているのだ。そして何より、どんな動物も、仲間をしいたげてはならない。弱い者も強い者も、賢い者も愚《おろ》かな者も、われわれはすべて兄弟なのだから。動物が動物を殺してはならない。すべての動物は平等なのだから。

そろそろ、昨夜の夢の話をしよう。しかし、どういえばいいのか。それは、人間がいなくなったあとの世界の夢だったのだが、わしはなんとなく、はるか昔に忘れたことを思い出したのだ。もうずいぶんまえ、わしがまだ子豚の頃、母やほかの雌豚がよく古い歌を歌っていたのだ。みんな、メロディーと最初の三つの単語しか覚えていなかった。わしも子どもの頃は覚えていたのだが、もうずいぶんまえに忘れてしまった。ところが、昨夜、それが夢のなかに出てきたのだ。そして、その歌詞もよみがえった。その言葉なのだが、それははるかはるか昔の動物たちが歌っていたもので、それはもう何世代にもわたって忘れられていた。その歌をこれから歌おうと思う。もうこの年だから、声もしゃがれているが、みんなに教えておこう。そうすれば、ずっと上手に歌ってもらえるだろうからな。『イギリスの動物たち』という歌だ」

オールド・メイジャーはせき払いをして、歌い始めた。自分でもいったように、声はしゃがれていたが、歌はうまかった。そしてその曲は感動的で、「いとしのクレメンタイン」と「ラ・クカラーチャ」を合わせたようなメロディーだった。

イギリスの動物、アイルランドの動物
どこにいようが、降っても晴れても
うれしい知らせをきいてくれ
夢の未来がやってくる。

その日は近い
横暴な人間たちは追い払われ
イギリスの実り豊かな畑はすべて
動物のものとなる。

われらの鼻から鼻輪が消え
背中から引き具が消え
はみも拍車も錆《さ》びて消え
むごい鞭《むち》の音も消え去る。

信じられないほどの食べ物が

小麦、大麦、カラス麦、干し草
クローバー、豆、サトウダイコン
われらのものとなる日がやってくる。

畑に注ぐ陽はまぶしく
流れる水はすみわたり
吹く風はかぐわしい
われらが自由になるその日。

その日めざして、懸命に
その日のまえに死のうとも
雌牛も馬も、ガチョウもシチメンチョウも
みな、自由のために戦おう。

イギリスの動物、アイルランドの動物
全国全土の動物

耳をすまして、みんなに伝えよ
まぶしい未来はきっとくる。

この歌をきいて、集まった動物たちは大喜びした。メイジャーが歌い終わるまえから、いっしょになって歌い出した。頭のにぶい動物でさえメロディーやいくつかの言葉を覚えたし、豚や犬などの頭のいい動物は何分かのうちに歌を全部覚えてしまった。そして何度か練習したあと、農場の動物みんなが声を合わせて「イギリスの動物たち」を大合唱した。雌牛は低い声で、犬は遠吠《とおぼ》えをするときの声で、羊はメーメー、馬はヒヒーン、アヒルはクワックワッ。だれもがこの歌に夢中になって、五回も繰り返し歌った。じゃまが入らなかったら、きっとひと晩中歌っていただろう。

残念なことに、この大騒ぎのせいでミスタ・ジョーンズがベッドから飛び起きて、キツネが庭にやってきたと思いこんだ。そこで寝室のすみに立てかけてあるライフルをつかむと、窓から暗闇めがけて六号散弾を撃った。散弾が納屋の壁にめりこみ、集まっていた動物たちは大あわてで逃げて、自分たちの寝床に飛びこんだ。鳥たちはとまり木に、ほかの動物はワラのなかにもぐり、農場は一瞬のうちに眠りについた。

第2章

三日後の夜、オールド・メイジャーは眠っている最中におだやかに死んだ。遺体は果樹園のすみに生えている木の根元に埋葬された。

三月の初めのことだった。それから三ヵ月の間、動物たちはひそかに様々な活動を繰り広げていた。メイジャーの演説をきいた、農場の賢い動物たちがまったく新しい目で自分たちの生活をみるようになったのだ。メイジャーが予言した「反乱」がいつ起こるのかだれも知らなかったし、それが自分たちの生きている間に起こると考える理由もなかったのだが、その準備をしなくてはならないということはよくわかっていた。ほかの動物を教育してひとつにまとめるのは当然、豚たちが担当した。というのも、豚は動物のなかで最も賢いとだれからも思われていたからだ。豚の

なかでとりわけ優秀だったのがスノーボールとナポレオンという若い雄の豚だ。この二頭は、ミスタ・ジョーンズが売るつもりで育てていた。ナポレオンの方は大型で獰猛《どうもう》な感じのバークシャー種で、バークシャー種はこの農場でナポレオンだけだ。無口で、人のいうことに耳を貸さない。一方、スノーボールは快活で、口も達者で、工夫の才能があったものの、ナポレオンほどの貫禄《かんろく》はなかった。農場のほかの雄の豚はすべて食用だ。そのなかで一番有名なのは小柄で太ったキーキー。顔が丸く、目がきらきらしていて、動きは敏捷《びんしょう》で、声は甲高《かんだか》い。とても口がうまく、むずかしい話をするときは、左右に飛び跳ねながら、小刻みに尻尾を振って相手を説得してしまう。みんなからは、白を黒といいくるめてしまうといわれていた。

この三頭が、オールド・メイジャーの教えをしっかり理解してわかりやすくまとめ、それに「動物主義」という名前をつけた。そして週に何度か、夜、ミスタ・ジョーンズが寝ると、三頭は納屋《なや》でこっそり会って、この「動物主義」をほかの動物たちに広めていった。最初、ほかの動物たちはろくに理解しなかったし、きこうとさえしなかった。それどころか、ミスタ・ジョーンズには忠誠をつくすべきだという者さえいた。そして「ご主人さま」といい、「ご主人さまはわしたちに餌を与えてくださる。もしご主人さまがいなくなったら、みんな飢え死にしてしまいます」などというのだ。また、こんなふうにいう者もいた。「どうして、自分たちが死んだのちのことまで考えなくちゃいけない?」「どっちみち、『反乱』というのが起こるんだったら、何もしなくていいんじゃないか」すると三頭は、そんな考えは動物主義の精神に反するということを必死になって説明した。なかでもばかばかしい質問をしたのは白い雌馬のモリーだった。口を開くなり、スノーボールにこうたずねたのだ。「反乱のあとでも、砂糖はもらえるの」

「いや、もらえない」スノーボールがきっぱりいった。「この農場には、砂糖を作る設備がないからね。砂糖なんて必要ない。ほしければ、カラス麦だって干し草だってあるじゃないか」

「でも、たてがみにリボンを編みこむのはいいんでしょう」モリーがきいた。

「いいかい」スノーボールはいった。「きみの自慢のリボンは、奴隷《どれい》のしるしだ。いいかい、自由はリボンより素晴らしいんだよ」

モリーはうなずいたものの、心から納得してはいないようだった。

農場で飼われているカラスのモーゼズの並べ立てる嘘《うそ》に反論するのは、こんなものではすまなかった。モーゼズはミスタ・ジョーンズのお気に入りのペットで、スパイで、うわさを広めるのがうまく、頭がよく、話も得意だったのだ。そして砂糖菓子の山という不思議な国があって、動物は死ぬとみんなそこにいくといいふらしていた。その国は空に浮かぶ雲の少しむこうに浮かん

でいて、この国では、一週間に七日、毎日が日曜日で、一年中クローバーが食べられるし、生垣《いけがき》には砂糖の実やアマニかす（亜麻の種から油をしぼったかすで、家畜の飼料に使う）の実がなっているんだ。モーゼズはしゃべってばかりいてちっとも働かないので、みんなに嫌われていたが、砂糖菓子の山という国を信じている動物もいた。愚《おろ》かな動物に、そんな国はないということを納得させるのはとても大変だった。

三頭を心から慕っていたのは二頭の馬車馬、ボクサーとクローバーだ。二頭は自分の頭で考えるのは苦手だったが、いったん豚たちの考えを受け入れると、いわれたことをすべて信じこみ、それを簡単な言葉で仲間に教えた。納屋で行われる集会には必ず出席して、集会が終わるとき必ず歌われる「イギリスの動物たち」を先頭になって歌った。

さて、この反乱はだれもが思ったよりずっと早く、ずっと簡単になしとげられた。ここ数年ずっとミスタ・ジョーンズは厳しくはあったものの、農夫としてはとてもいい仕事をしてきたのだが、最近、悪いことが重なっていた。というのは、裁判に負け、支払いを命じられて落ちこみ、飲み過ぎて体調を崩していたのだ。ときには、一日中、キッチンの椅子に座って新聞を読んだり、酒を飲んだり、ときどきパンの耳をビールにつけてモーゼズにやったりしていた。やとわれている連中はなまけ者で不正直で、農場は雑草がはびこり、建物の屋根は雨もりが始まり、生垣は手入れがされず、動物たちはろくに餌をもらえなくなった。

六月になり、干し草にする牧草を刈《か》る時期になった。その年の六月二十四日は土曜日で、ミス

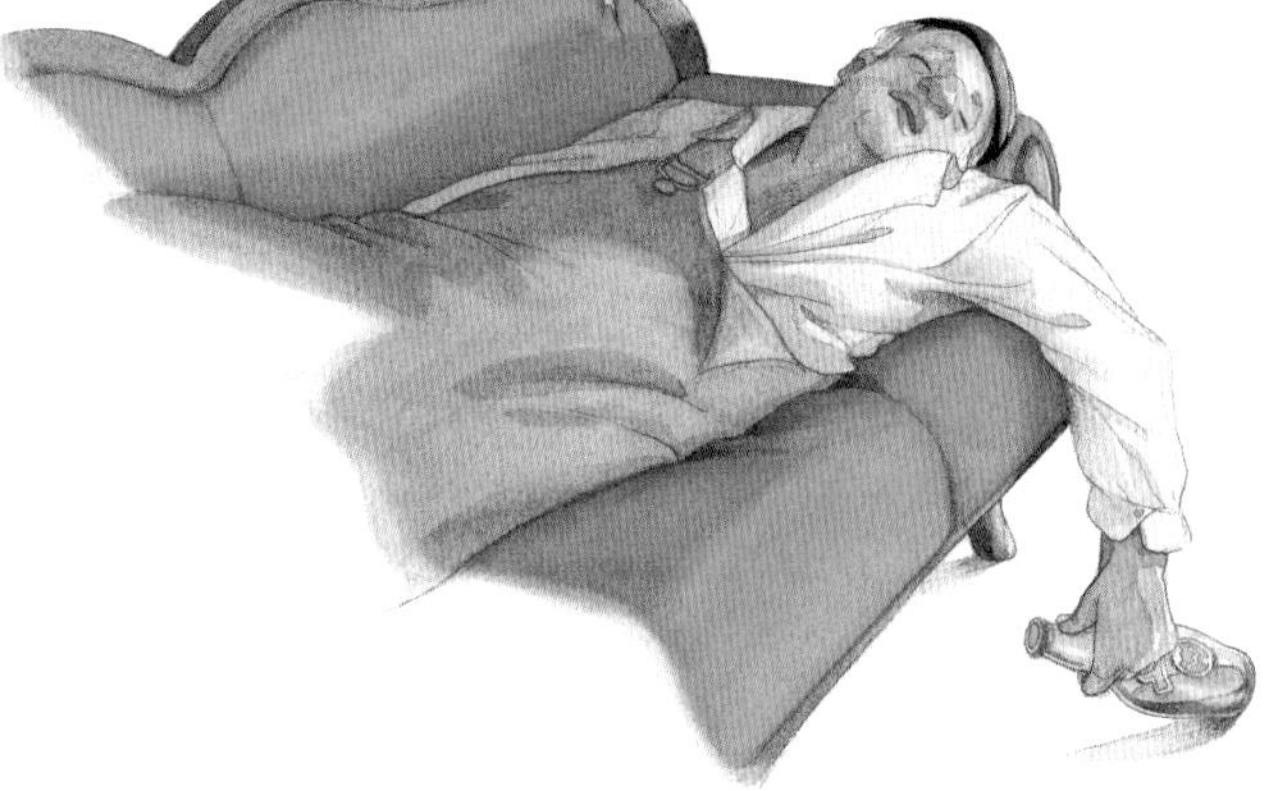

タ・ジョーンズはウィリンドンのレッド・ライオン亭で酔いつぶれ、日曜日の昼までもどってこなかった。農場の使用人は朝早く牛の乳しぼりを終えると、動物に餌をやらずにウサギ狩りに出かけた。ミスタ・ジョーンズはもどってくるとそのまま客間でソファに横になり、『ニューズ・オブ・ザ・ワールド』紙（一八四三年から二〇一一年まで、イギリスで日曜日に発行されていたタブロイド紙）を顔にかぶせて寝てしまったので、動物たちは夕方になっても餌がもらえないままだった。そしてついにがまんできなくなった。一頭の雄牛が倉庫の戸を角で突《つ》き破ると、動物たちはなかに入って餌置き場から勝手に餌を食べ始めた。ちょうどそのとき、ミスタ・ジョーンズが目を覚まし、すぐに使用人を四人連れて倉庫にいき、めったやたらに鞭《むち》を振るった。腹を空かせた動物たちはわれを忘れ、だれかが合図をしたわけでもないのに、鞭を持った男たちにいっせいに飛びかかった。ジョーンズと使用人を四方から突《つ》いたり蹴ったりした。

人間たちはお手上げだった。それまで動物たちがこんなふうに反抗したことはなく、それまで鞭打って虐待《ぎゃくたい》してきた動物たちの突然の反抗にぎょっとして何も考えられなくなってしまったのだ。身を守ろうとしたのもほんの少しの間で、すぐに逃げ出した。一分後、五人は荷馬車に乗って、太い道に続く小道を一目散に走っていき、そのあとを動物たちが勝ち誇って追いかけていった。

ミセス・ジョーンズは寝室の窓から外をながめ、この事件を目にすると大あわてで、いくつかの持ち物をバッグに放りこみ、農場から別の道で逃げ出した。モーゼズはとまり木から飛び立ち、大声で鳴きながらミセス・ジョーンズを追いかけた。一方、動物たちはミスタ・ジョーンズと使用人を太い道まで追いやると、横木を五本組んだ木戸を閉めた。こうして、動物たちは何がなんだかわからないうちに、反乱を成功させた。ミスタ・ジョーンズを追放して、このお屋敷農場が自分たちのものになったのだ。

最初の数分間、動物たちにはこの幸運が信じられなかった。そこでまず、農場のまわりを走ってみた。まるで人間がどこかに隠れていないか確かめるかのように。それから農場の建物まで駆けもどって、ジョーンズのいまわしい道具を処分した。馬小屋の奥にある道具置き場の戸を破り、くつわや、鼻輪や、犬の鎖や、ミスタ・ジョーンズが豚や羊を去勢するのに使っていた残酷なナイフなどを井戸に放りこんだ。手綱《たづな》、端綱《はづな》、馬の目隠し革、頭から口元までつるす屈辱《くつじょく》的な干し草袋は、庭でゴミを燃やしていたたき火に放りこんだ。鞭も焼いた。動物たちはみんな、鞭が燃え上がるのをみて大喜びで跳ねまわった。スノーボールが火に放りこんだのは、市場で売るときに目立つように馬のたてがみや尻尾に編みこむリボンだった。

「リボンは」スノーボールはいった。「服のようなものだ、人間の印だ。動物は裸でいればいい」

ボクサーはこれをきいて、夏になると耳のまわりからハエを追うのに使っていた小さい麦わら帽子を持ってきて、火にくべてほかのものといっしょに燃やした。

ほんのわずかの間に、動物たちはミスタ・ジョーンズを思い出させるものをすべて壊したり燃やしたりしてしまった。その後、ナポレオンはみんなを倉庫に連れていって、いつもの二倍の麦を食べさせ、犬にはそれぞれビスケットを二枚配った。それから全員で、「イギリスの動物たち」を七回、最初から最後まで繰り返して歌い、それが終わると、もう夜だったので、寝場所にもどって、それまでになくぐっすり眠った。

ところが次の日はいつもどおり夜明けとともに目を覚ました。そしてふと、昨日の大勝利を思

い出して、全員そろって牧草地に駆けていった。牧草地を少しいくと小高い丘になっていて、そこから農場がほとんどみえるのだ。動物たちは頂《いただき》に駆け上がると、朝の明るい光のなかでまわりを見渡した。そうだ、これは自分たちのものだ――見渡す限りすべて自分たちのものだ！　だれもが有頂天になって、跳ねまわり、大喜びで空中高く跳び上がった。朝露にまみれて転げまわり、おいしい夏の草を口いっぱいにほおばり、黒い土の塊を蹴り上げて、その豊かな香りをかいだ。それから農場を端《はし》から端までみてまわり、驚きに言葉も忘れて、麦畑や、干し草畑や、果樹園や、ため池や、小さな林をみていった。動物たちはみんな、こんなものをいままでみたことがないような気がした。そしてこれらがすべて自分たちのものだとはとても信じられなかった。

　それからそろって農場の建物にもどると、母屋のドアの前で黙って立ち止まった。これも自分たちのもののはずだが、なかに入るのは怖かった。しかし、そのうちスノーボールとナポレオンが肩でドアを押し開けた。動物たちは一列になってなかに入ると、何も動かさないように、とても用心して歩いていった。つま先立ちで部屋から部屋へ移動しながら、せいぜい小声で話すくらいで、信じられないほどぜいたくな物を目を丸くしてながめている。鳥の羽毛で作ったマットレスを敷いたベッド、大きな鏡、馬毛《ばもう》で織ったソファ、ジャカード織りのじゅうたん。客間の暖炉の上には、リトグラフのヴィクトリア女王の肖像がかけてある。

みんなは階段を下りたとき、モリーがいないのに気がついた。そこで二階にもどってみると、モリーは一番立派な寝室のなかにいた。ミセス・ジョーンズの化粧台にあった青のリボンを一本肩にかけて、鏡に映った自分の姿に間抜けな顔で見入っている。ほかの動物たちは口々にモリーを非難すると、外に出ていった。キッチンにぶら下げてあったハムはおろして埋葬し、食器室のビールの樽《たる》はボクサーが蹄《ひづめ》で穴を開けたが、家にあるほかのものには一切、手をつけなかった。その場で、全員一致で、この母屋は博物館として保存することが決まり、だれもここに住んではならないということも決まった。

　朝食が終わると、スノーボールとナポレオンはふたたび仲間を集めた。

「さあ、みんな」スノーボールがいった。「六時半になった。これから長い一日が始まる。今日は干し草用の草を刈ろうと思うんだけど、そのまえにやっておくことがあるんだ」

スノーボールとナポレオンはみんなに、この三ヵ月で読み書きを覚えたことを明かした。ミスタ・ジョーンズの子どもたちがゴミの山に捨てた使い古しのつづり字の練習帳を使って勉強したのだ。ナポレオンは黒と白のペンキの入った缶を持ってこさせて、太い道に出る前の横木を五本わたした木戸までみんなを連れていった。そしてスノーボールが（スノーボールの方が字がうまかったので）前足の指の間に刷毛《はけ》をはさんで、一番上の棒に書いてあった「お屋敷農場」という文字を消し、その上に「動物農場」と書いた。以後、これがこの農場の名前となった。そのあと、農場の建物の方にいき、スノーボールとナポレオンがはしごを持ってこさせて、大きな納屋の壁に立てかけた。二頭は、この三ヵ月で色々学んだ結果、自分たちの守るべき決まりを動物主義にもとづいて「七つの規則」にまとめたといった。この七つの規則をこれから壁に書く、この決まりは以後、決して変えてはならない、そして動物農場の動物はすべてこの決まりに従わなくてはならない。そういうとスノーボールはぐらぐらしながら（というのは、豚にとってはしごをのぼるのはむずかしいからだが）、上までのぼり切ると、文字を書き始めた。何段か下のところで、キーキーがペンキの缶を持っている。「七つの規則」は黒いタールを塗った壁に白く大きな字で書かれたので、三十メートルほど離れたところからでも読めた。七つの規則は、次のようなものだった。

Ferme des Animaux

七つの規則

1　二本足で歩く者はすべて敵である。
2　四本足で歩く者、翼を持つ者はすべて仲間である。
3　動物は服を着てはならない。
4　動物はベッドで寝てはならない。
5　動物は酒を飲んではならない。
6　動物はほかの動物を殺してはならない。
7　すべての動物は平等である。

とてもきれいに書かれていて、「仲間」が「中間」になっているのと、「ならない」がいくつか「ならい」になっているのをのぞけば、すべて正しく書けていた。スノーボールは仲間のために、これを声に出して読んできかせた。みんなはそろって深くうなずき、頭のいい動物はすぐに覚え始めた。

「さあ、みんな」スノーボールは大声で呼びかけて、ペンキの刷毛を放り投げた。「干し草畑にいこう！　ぼくたちの名誉にかけて、あそこの草をジョーンズや使用人より早く刈り取ろう」

ところがそのとき、さっきからもぞもぞしていた三頭の雌牛が低い鳴き声をあげた。二十四時

間ずっとミルクをしぼってもらっていなかったので、乳房が張って破裂しそうだったのだ。豚たちはしばらく考えて、バケツを持ってこさせ、前足をうまく使ってミルクをしぼった。そのうち五個のバケツいっぱいに泡だった濃いミルクがたまり、ほかの動物はそれをおもしろそうにながめていた。

「そのミルクはどうするんだ」だれかがたずねた。

「ジョーンズはときどきミルクを、あたしたちの餌の麦かすに混ぜてくれたよ」一羽の雌鶏がいった。

「みんな、ミルクは放っておけ！」ナポレオンがバケツの前に立って大声でいった。「あとでどうとでもすればいい。干し草の方が重要だ。同志スノーボールについていけ。おれはあとからいく。さあ、進め、仲間たち！　干し草が待っているぞ」

　そこで動物たちはいっしょに干し草畑にいって刈り入れを始めた。そして夕方もどってみると、ミルクはどこにもなかった。

第3章

干し草を刈《か》るのは大変で、みんな汗まみれになって働いた。しかしその努力はむくわれた。というのも、思った以上に刈り取った量が多かったからだ。

たまに労働は厳しかったが、それは道具が動物用にではなく人間用に作られていたからだ。それに二本足で立って使う道具は動物には使いこなせなかった。しかし豚はとても頭がよく、むずかしい問題が起こるとそれを解決する方法を考えついた。馬は畑のことならすみずみまでよく知っていて、実際、草を刈ったり運んだりすることにかけては、ジョーンズや使用人たちよりずっとうまかった。スノーボールとナポレオンは働かないで、みんなの指導や監督をしていた。ほかの動物よりずっといろんな知識があったので、二頭がそういう役割を負うのは当然だった。ボクサーとクローバーは、草を刈ったり集めたりする道具を身につけて（もちろん、おとなしく従わせるためのくつわや

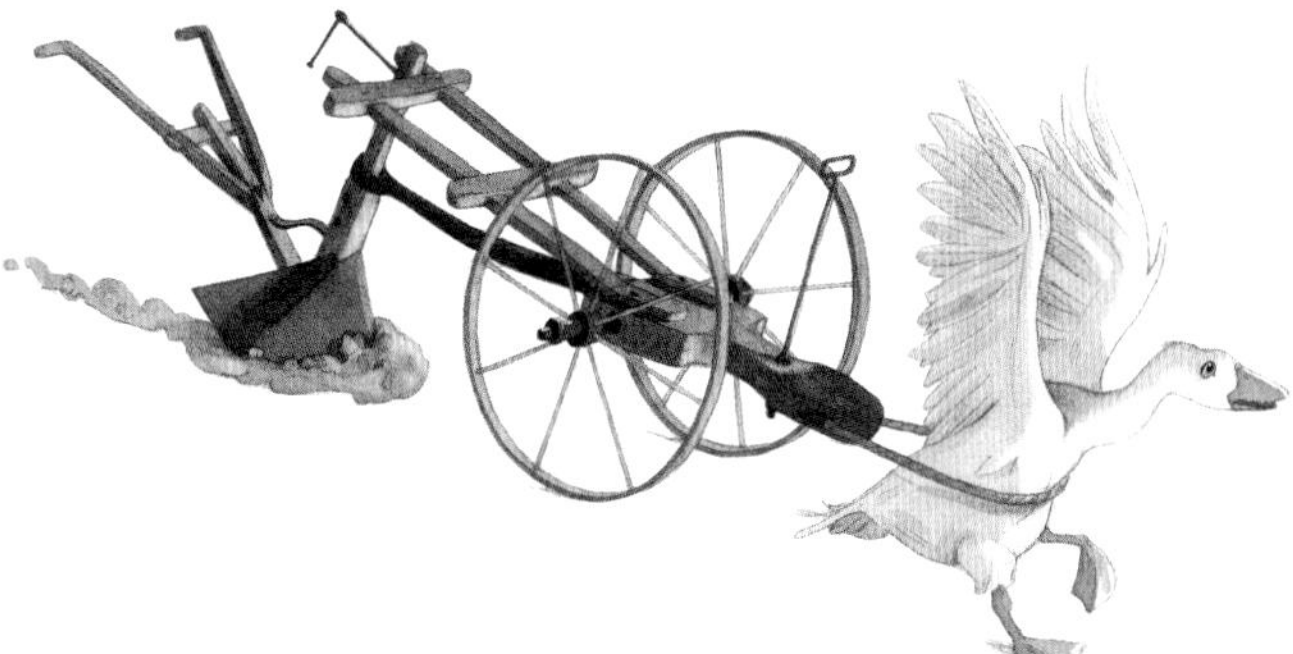

手綱《たづな》は必要なかった）、畑をゆっくり耕してまわり、その後ろでは豚が歩きながら「さあ、まえへ！」とか「ようし、もどって！」と声をかけた。すべての動物が、どんなに小さなものも、干し草の収穫に協力した。アヒルやニワトリまでが太陽の下、一日中、小さいくちばしに干し草を何本かくわえてあっちにいったりこっちにきたりして働いた。そしてジョーンズや使用人よりも二日早く刈り入れを終えた。そのうえ、この農場でこれほどたくさんの干し草を刈り入れたことはそれまでなかった。取り残しがまったくなかったのは、ニワトリやアヒルが鋭い目で最後の一本まで集めたからだ。それに、ひと口でもくすねようとした者はいなかった。

夏の間ずっと、農場の仕事は時計の針のようにきちんと進んだ。動物たちはそれまで思い描いたこともないくらい幸せだった。食べ物のひと口ひと口がおいしくてたまらない。それは間違いなく自分たちの食べ物で、自分たちが自分たちのために育てたもので、飼い主からしぶしぶ与えられるものではなかったからだ。動物をこき使うろくでもない寄生虫のような人間がいなくなったので、そのぶん食べ物が増えたのだ。そして自由時間が増えた。こんなことはそれまで経験したことがなかった。もちろんいろいろと大変なこともあった。たとえば、その年の後半、麦を収穫するときのこと、動物たちは昔の人間がやっていたように麦を足で踏んで、殻《から》を吹き飛ばさなくてはならなかった。脱穀機《だっこくき》がなかったからだ。しかし二頭の豚が知恵を働かせ、ボクサーが筋肉の塊のような体を使って、みんなを助けた。ボクサーはみんなの大きな尊敬を集めていた。

ボクサーはジョーンズがいたときも働き者だったが、いまは三頭分の仕事をこなしているようにみえる。農場の仕事すべてをその力強い肩が引き受けているようにみえることもあった。朝から晩まで、押したり引いたり、それも最も力のいる仕事をした。以前から雄鶏に、毎朝、ほかの動物より三十分早く鳴いて起こしてくれるよう頼んでいて、最も助けの必要な仕事場に出かけて、いつもの仕事が始まるまえからそこで働いた。何か問題があったり、仕事が滞ったりするとこういった。「もっと働く!」これがボクサーのモットーといってよかった。

しかしだれもが自分のできる限りのことをして働いた。たとえば雌鶏やアヒルは麦の収穫のとき、あちこちに散らばっていた麦の粒を百四十キロほど集めた。だれも盗まず、それまでの割り当てられた食べ物に文句をいわず、それまでの農場の生活でいつもみられた争いやけんかやねたみ

はほとんどなくなった。なまける者はひとりも――いや、ほとんどいなかった。ほとんどというのは、モリーは朝寝坊な上に、蹄《ひづめ》に小石がはさまったからといって仕事を早めに切り上げることもあったからだ。それから猫の行動もどこか変だった。そのうちにわかったのだが、しなくてはならない仕事があると、いなくなってしまうのだ。そして何時間も姿を消して、食事のときや、みんなの仕事が終わってから、素知らぬ顔でもどってくる。ところが決まって、じつにうまい言い訳をして、甘えた鳴き声をあげるもので、だれもが猫に悪気はないと思ってしまうのだ。年寄りのロバのベンジャミンは、反乱のまえもあともまったく変わらないようにみえた。ジョーンズに使われていたときと同じように、マイペースで仕事をした。なまけることもなく、余分な仕事をすることもない。反乱についても、反乱のあとの変わりようについても、なんの意見もいわない。ジョーンズがいなくなってうれしくないのかと問われると、こう答えた。「ロバは長生きだからな。おまえたちのうちで、死んだロバをみた者はいないだろう」ほかの動物は、このわかったようなわからないような返事で満足するしかなかった。

　日曜日は休みだった。朝食はいつもより一時間遅く、そのあとは毎週、必ず儀式があった。まず旗を上げる。スノーボールが道具置き場で、ミセス・ジョーンズの古い緑のテーブルクロスをみつけ、それに蹄と角の絵を白く描いた。日曜日の朝にはいつも、母屋の庭の旗竿《はたざお》にそれが飾られる。スノーボールがいうには、旗の緑はイギリスの緑の平原を表し、蹄と角は未来の動物共和国を表している。動物共和国というのは、動物が人間に打ち勝ったときに実現するらしい。旗を上げると、大きな納屋《なや》に集合する。これは「大集会」と呼ばれていた。ここで次の週の仕事の計画が話し合われ、案が提出され、議論される。案を出すのはいつも二頭の豚だった。ほかの動物は投票の仕方はわかるものの、案を考え出すことはできなかったからだ。スノーボールとナポレオンは議論のときはだれよりも活発に意見を述べた。しかし二頭の意見が一致することは決してない。どちらかが何かを提案すると、必ずもう一方が反対するのだ。議論に決着がついたときでさえそうだった。たとえば、だれも反対できないような、働けなくなった動物がのんびり暮らせるように果樹園のむこうの小さな放牧場を取っておこうという案が認められたとたん、どの動物がいつになったら仕事をしなくてすむのかについての激しい論争が始まった。大集会はいつも「イギリスの動物たち」の合唱でしめくくられ、午後は自由時間になった。

スノーボールとナポレオンは道具置き場を自分たちの本部にした。そして夜になるとここで、鍛冶《かじ》仕事や大工仕事やほかの必要な仕事について、母屋から持ってきた本で勉強した。またスノーボールは熱心に、ほかの仲間を説得して「委員会」を作らせた。とくにこれには力を入れていた。雌鶏のために「産卵委員会」を、雌牛のために「尻尾衛生化委員会」を、(野生のネズミやウサギを仲間に入れるために)「野生動物再教育委員会」を、羊のために「羊毛美化委員会」を、またそのほかにもいろいろと組織したうえに、読み書きのクラスも作った。しかし全体としては、これらの計画は失敗だった。たとえば、野生の動物を仲間に入れる試みはすぐに挫折《ざせつ》した。ネズミもウサギも態度は以前とまったく変わらず、やさしくすると、すぐつけ上がった。猫は再教育委員会に入って、数日は熱心に活動していた。そしてある日、屋根の上に座って、もう少しで手の届きそうなところにいるスズメたちに話しかけた。そしていまやすべての動物は仲間なのだから、この手の上にとまってもいいよといったのだが、スズメはだれひとり近づこうとしなかった。

しかし、読み書きのクラスは大成功だった。秋には、農場のほとんどの動物が、いくらか読み書きができるようになったのだ。

二頭の豚はすでに完璧に読み書きができるようになった。犬たちはかなり読めるようになったが、「七つの規則」以外は興味を持たなかった。ヤギのミュリエルは犬よりも字が読めるようになり、ときどき夕方になると、ゴミの山からさがしてきた新聞の切れ端《はし》をほかの動物に読んできかせた。ベンジャミンは豚と同じくらい読めるようになったものの、何も読もうとしなかった。自分の知る限り、読む価値のあるものなどないというのだ。クローバーはアルファベットをすべて覚えたが、単語をつづることはできなかった。ボクサーはDより先に進むことができなかった。地面に大きな蹄でA、B、C、Dと書くと、その四文字をみつめ、耳を後ろに寝かせ、ときには前髪を振りながら、必死になって次の文字を思い出そうとするのだが、どうしても思い出せない。何度かはEとFとGとHを覚えたのだが、そのときは必ずAとBとCとDを忘れていた。

結局、最初の四文字で満足することにして、毎日、記憶を新たにするためにその四文字を一、二度書くのだった。モリーは自分の名前のMOLLIE以外の字は覚えようとしなかった。そして小枝を並べてきれいに自分の名前を書くと、それに花をひとつかふたつそえて、歩きながらうっとりながめた。

農場のほかの動物は、Aどまりだった。また、羊や雌鶏やアヒルのような頭のよくない動物は「七つの規則」を覚えられないこともわかった。スノーボールはあれこれ考えたあげく、「七つの規則」をひとつにまとめることができると宣言した。「四本足よし、二本足だめ」でいいというのだ。スノーボールは、これこそ動物主義の根本理念だといった。これさえ完璧に理解すれば、人間の影響を受けずにいられるという。まっさきに鳥が反発した。自分たちは二本足だと思う、というのだ。これに対し、スノーボールは次のように説明した。

「いいかい、きみたちの翼は飛ぶためのものであって、何かをつかんだり動かしたりするためのものではない。ということは、それは手ではなく足なんだ。人間とぼくたちの違いは手だ。人間たちは手を使うことによって、悪いことをするんだから」

鳥たちはスノーボールの長い言葉は理解できなかったが、その説明を受け入れることにした。こうして頭のよくない動物はこの新しい言葉を覚えることにした。「四本足よし、二本足だめ」という言葉は納屋の端にある壁の「七つの規則」の上に、それより大きな字で書かれた。羊たちはこれを覚えると、とても気に入って、野原に横になるとみんないっしょに甲高《かんだか》い声で「四本足よし、二本足だめ！　四本足よし、二本足だめ！」というようになった。そしてこれを何時間も続けて飽きることがなかった。

　ナポレオンはスノーボールの委員会にはまったく興味がなかった。子どもの教育こそが何より重要で、大人には何をしてもしょうがないというのだ。たまたま干し草を刈り入れたあと、ジェシーとブルーベルが九匹の元気な子犬を産んだ。子どもたちが乳離れすると早速、ナポレオンは九匹を引き取って、この子たちの教育は引き受けたといった。そして、道具置き場からはしごで上がっていくしか入る方法のない屋根裏部屋に九匹を連れていき、そこから出さなかったので、農場のほかの動物はそんなことはすっかり忘れてしまった。

　消えたミルクがどこにいったのかという謎はすぐに解けた。毎日の豚の餌に混ぜられていたのだ。早生《わせ》のリンゴが熟《う》れ始め、果樹園の草の上に実が落ちるようになった。動物たちはみんな、同じようにわけてもらえると考えていたのだが、ある日、落ちた実を集めて道具置き場に持ってくるようにという命令が出た。豚の食料にするというのだ。

A a a
B b b
C c c

これをきいて、文句をいう動物もいたが、どうしようもなかった。この点に関しては、すべての豚が賛成したからだ。スノーボールもナポレオンも賛成した。そして話のうまいキーキーがほかの動物に説明にいかされた。

「諸君、よくきいてくれ」キーキーが声を張り上げていった。「ミルクとリンゴのことだが、われわれ豚がわがままで、自分たちは特別だと思っているからこんなことをした、などと思わないでほしい。われわれ豚の多くはミルクもリンゴも好きじゃない。わたしも嫌いだ。ミルクやリンゴを食べるのは、ただ健康にいいからというだけなのだ。このふたつは（いいかい、諸君、科学的に証明されているんだ）、豚の体にいい栄養をふくんでいる。われわれ豚は頭脳労働者だ。この農場の運営と管理はすべてわれわれが請《う》け負《お》っている。昼も夜も、われわれは諸君が健康で幸福でいられるよう気を配っている。つまりわれわれがミルクを飲み、リンゴを食べるのは、諸君のためなのだ。もし豚がこの仕事で失敗をしたら、どうなる？　ジョーンズがもどってくる！　そう、ジョーンズがもどって

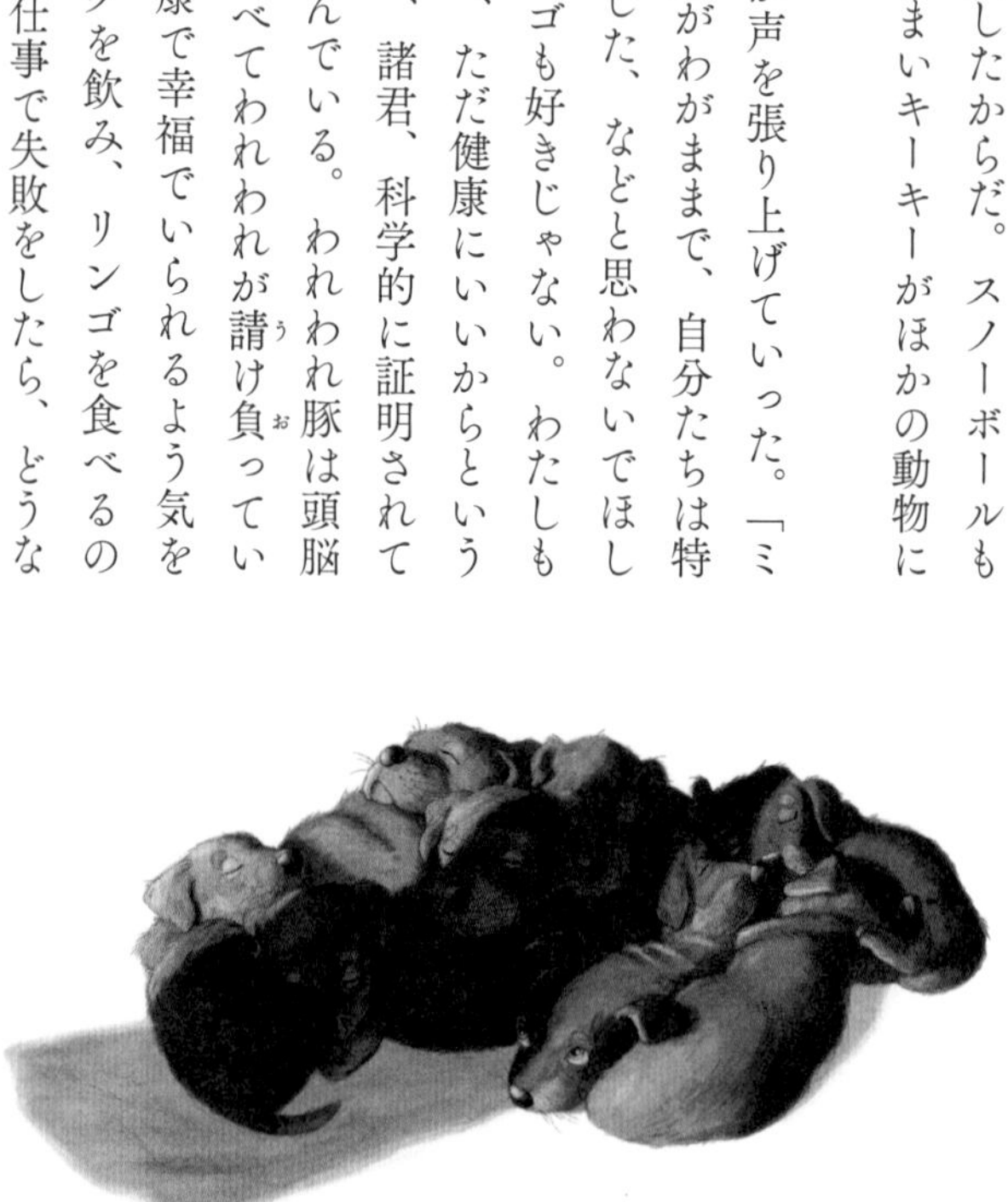

くるんだ！　間違いない」キーキーは左右に跳び、尻尾を振りながら大声で訴えた。「このなかで、ジョーンズにもどってきてほしいと思っている者がいるだろうか」

動物たちが絶対にいやがっていることがあるとしたら、それはジョーンズがもどってくることだ。なので、こういわれると、だれも何もいえなかった。豚たちには健康でいてもらわないとこまる。こうして、ミルクと熟れるまえに落ちたリンゴは（熟れて収穫したリンゴもほとんど）豚のために取っておくことになった。

第4章

夏が終わる頃、動物農場で起こった事件のうわさは、この国の半分くらいまで広まっていた。スノーボールとナポレオンは毎日、たくさんのハトを飛ばした。ハトたちはまわりの農場の動物のなかに入って、「反乱」の話をして、「イギリスの動物たち」を教えるようにという指示を受けていた。

ミスタ・ジョーンズはほとんど毎日、ウィリンドンにあるレッドライオン亭の酒場で飲んでいた。そして耳を貸してくれる人がいれば、だれにでも、ひどい目にあって、役立たずの動物どもに何もかも奪われたと話した。ほかの農場主は表向きは同情するものの、最初のうちは本気で力を貸そうとはしなかった。というのも、心のなかではこっそり、ジョーンズの不運をうまく利用できないか考えていたからだ。動物農場に隣接するふたつの農場の農場主の仲が

悪かったのは幸運だった。そのうちのひとつはフォックスウッドという名前の、広いがろくに手入れのされていない昔ながらの農場で、まわりの森が農地にせり出してきているうえに、牧草地は荒れ、生垣《いけがき》もひどいありさまだった。持ち主はミスタ・ピルキントンといって、家柄のいいのんびりした男で、季節によって釣りをしたり狩りをしたりしていた。もうひとつの農場はピンチフィールドという名前で、フォックスウッド農場よりは小さく、よく手入れがしてあった。農場主はミスタ・フレデリック。気が強く、抜け目がなく、しょっちゅう訴えられていて、ひどい取引をするので有名だった。このふたりはとても仲が悪く、たがいの利益が一致するときでも、意見が一致することはほとんどなかった。

とはいうものの、ふたりとも動物農場で起こった反乱を知ってぎょっとした。そしてなんとかして自分の農場の動物の耳に入れないようにしていた。最初は、動物が農場をやっていくなどばかばかしいと笑うふりをして、二週間もすればおしまいだといっていた。お屋敷農場の（ふたりとも、「動物農場」と呼ぶのはもってのほかだといって、相変わらず「お屋敷農場」と呼んでいた）家畜は仲間同士でけんかばかりしているから、じきに飢え死にしてしまうというのだ。ところが何日たっても、動物たちが飢え死にしないことがはっきりしてくると、フレデリックもピルキントンもさすがにいうことが変わってきて、動物農場ではとんでもないことが起こっているというようになった。あそこの動物は共食いを始め、まっ赤に焼けた蹄鉄《ていてつ》で仲間に暴行を加え、雄

が雌を好き勝手にしている、こんなことになったのは自然の決まりに反することをしたからだと、フレデリックとピルキントンは主張し始めたのだ。

しかしそんな話がそのまま信じられるはずはない。動物農場についての――人間を追い出して動物たちが運営しているという素晴らしい農場の――うわさはぼんやりした、少しゆがんだ形で広まり、一年のうちに、反乱の波が郊外にも広がった。それまでずっと扱いやすかった雄牛がいきなり獰猛《どうもう》になり、羊は生垣を壊してクローバーを食べるようになり、雌牛はミルクをためるバケツを蹴ってひっくり返し、狩りに使う馬は柵のなかに入ろうとしないで乗った人間を柵のなかに放りこむしまつだ。そして何より、「イギリスの動物たち」のメロディーと歌詞がすみずみまで知れわたった。それも驚くほど早く広まった。人間はこの歌を耳にすると怒りがこみ上げたが、ばかばかしいと思っているふりをした。そして、なんで動物があんなばかばかしい歌を歌うようになったのか、さっぱりわからないといった。動物がこれを歌っているところをみつけると、すぐに鞭《むち》で打ったのだが、やめさせることはできなかった。黒ツグミは生垣で、ハトはニレの木でこれを歌い、その歌声は鍛治《かじ》屋のハンマーの音や教会の鐘の音といっしょに響きわたった。人間

Ferme

はそれをきくと、思わず身震いした。自分たちの暗い未来を予言されているような気がしたのだ。

　十月の初め、麦が刈《か》り取られて、そのうちのいくらかが脱《だっ》穀《こく》された頃、ハトの一群が飛んできて、動物農場の庭に舞い下りると、大声でわめきたてた。ジョーンズと使用人が、フォックスウッド農場やピンチフィールド農場の男たち五、六人を連れて、横木を五本わたした木戸までやってきた、農場に続く細い道をこちらに向かってる、みんな棍棒《こんぼう》を持ってて、ジョーンズは鉄砲を持ってる、農場を取りもどしにきたんだ。

　これはずっとまえから予想されていて、準備は万端だった。スノーボールが母屋でみつけたユリウス・カエサル（ジュリアス・シーザー）の戦略についての古い本を勉強して、防衛戦のときには指揮をとることになっていたのだ。スノーボールがすぐに命令を下すと、二分後にはすべての動物が持ち場についた。

人間たちが農場の建物に近づくと、スノーボールが最初の攻撃の合図をした。まず三十五羽のハトが全員、糞《ふん》を落としながら男たちの頭の上を飛びまわった。そして男たちがあたふたしているると、生垣の後ろに隠れていたガチョウたちが駆け出して、男たちのふくらはぎを激しくつついた。しかしこれは軽い前哨戦《ぜんしょうせん》で、敵を少し攪乱《かくらん》させるためのものだ。男たちは棍棒で楽々とガチョウを追い払った。スノーボールは次の攻撃の指示を出した。ミュリエル、ベンジャミン、それから羊が全員、スノーボールを先頭に突進し、四方から勢いよく敵にぶつかっていった。ベンジャミンは回りこむようにして小さい蹄《ひづめ》で敵を蹴った。しかしこれも、棍棒を持ち、鋲《びょう》を打ったブーツをはいた人間たちに撃退された。そのとき突然、スノーボールが甲高《かんだか》い声をあげた。これは撤退の合図で、動物たちはすべて回れ右をすると、門から庭に逃げこんだ。

人間たちは勝利の叫びをあげ、予想どおり敵が逃げ出すのをみて、ばらばらになってあとを追いかけた。スノーボールはこうなるだろうと予想していた。人間たちが全員、庭に入ったとたん、牛小屋に身をひそめていた三頭の馬と三頭の雌牛と、残りの豚が敵の後ろに現れ、退路をふさいだ。それをみてスノーボールは「突撃」と声をかけ、自分はまっすぐジョーンズに向かっていった。ジョーンズはスノーボールが突進してくるのをみると鉄砲を構えて撃った。散弾銃の弾を受けて、スノーボールの背中に血の筋が何本も走った。羊が一頭、倒れて死んだ。スノーボールは一瞬もひるむことなく、百キロの体重をかけてジョーンズの脚にぶつかった。ジョーンズは

はね飛ばされて動物の糞の山に落ち、銃も手から飛んでいった。しかし一番すごいのはボクサーだった。後ろ立ちになると、まるで軍馬のように、大きな蹄鉄で敵に襲いかかったのだ。最初の一撃はフォックスウッド農場の馬屋で働いている少年の頭に命中し、少年は即死して地面に転がった。それをみた男たちは棍棒を捨てて逃げ出した。パニックに襲われたのだ。すると今度は動物たちが全員いっせいに、庭のなかの敵を追いまわした。男たちは突《つ》かれ、蹴飛ばされ、噛《か》みつかれ、踏みつけられた。農場の動物はだれもが自分なりの方法で敵に復讐したのだ。猫までが屋根からいきなり、牛の世話をしている男の背中に飛びつくと、その首に爪を立てた。男は死にそうな悲鳴をあげた。門が開いたとたん、男たちは大喜びで庭から駆け出し、一目散に太い道まで突っ走った。こうして、攻撃開始から五分もたたないうちに、人間たちはやってきたのと同じ道をすごすごと引き返すことになった。後ろからはガチョウの群れが追いかけて、いつまでもふくらはぎをつついていた。

人間はひとりを残して全員いなくなった。庭で地面に突っ伏して倒れている馬屋の少年を、ボクサーが蹄で仰向《あおむ》けにしようとしている。少年はぴくりとも動かない。

「死んでしまった」ボクサーが悲しそうにいった。「そんなつもりはなかったんだ。蹄に蹄鉄がはめてあるのを忘れていた。だが、殺すつもりなんかなかったといって、いったいだれが信じてくれるだろう」

「ボクサー、そんなことを嘆くことはない」スノーボールが大声でいった。背中の傷からはまだ血が流れている。「戦争は戦争だ。いい人間は死んだ人間だけだ」

「相手が人間であれ、命を奪うのはいやだ」そう繰り返すボクサーの目には涙が浮かんでいる。

「モリーはどこだ」だれかが叫んだ。

たしかにモリーの姿が見当たらない。一瞬、だれもがはっとした。もしかしたら負傷したのかもしれない、連れていかれたのかもしれないと思ったのだ。しかしそのうち、いつもの馬屋でまぐさ桶《おけ》の干し草に頭を突っこんで隠れているのがみつかった。銃声をきいたとたんに逃げ出したのだ。ほかのみんながモリーをみつけてもどってくると、馬番の少年は気を失っていただけで、意識を取りもどして逃げたあとだった。

動物たちはふたたび集合すると大騒ぎで、この戦いでの自分の手柄を大声で自慢した。早速、即席の祝勝会が始まった。旗を上げ、繰り返し「イギリスの動物たち」を歌い、戦死した羊を手厚く埋葬して、その墓の上にサンザシの木を植えた。墓のそばでスノーボールが短い演説をして全動物に、「動物農場」のために命を投げ出す覚悟が必要だと訴えた。

動物たちは全員一致で勲章を作ることに決めた。「第一等動物英雄勲章」はその場で、スノーボールとボクサーに与えられた。それは真鍮《しんちゅう》のメダルで（道具置き場でみつけた古い馬の飾りだったのだが）、日曜日と祝日につけることになった。そしてまた「第二等動物英雄勲章」は戦死した羊に贈られることになった。

　それから、この戦いをなんと呼ぶかで、さんざん議論があったが、結局、「牛小屋の戦い」に決まった。その理由は、牛小屋で待ち伏せるという作戦が功を奏したからだ。ミスタ・ジョーンズの銃は地面に転がっているのがみつかった。また、母屋に弾薬があるのがわかっていた。そこで、旗《はた》竿《ざお》の下に小さな大砲のように銃をくくりつけて、一年に二度、祝砲を撃つことが決まった。それは、十月十二日の「牛小屋の戦い」の日と、六月二十四日の「反乱記念日」だ。

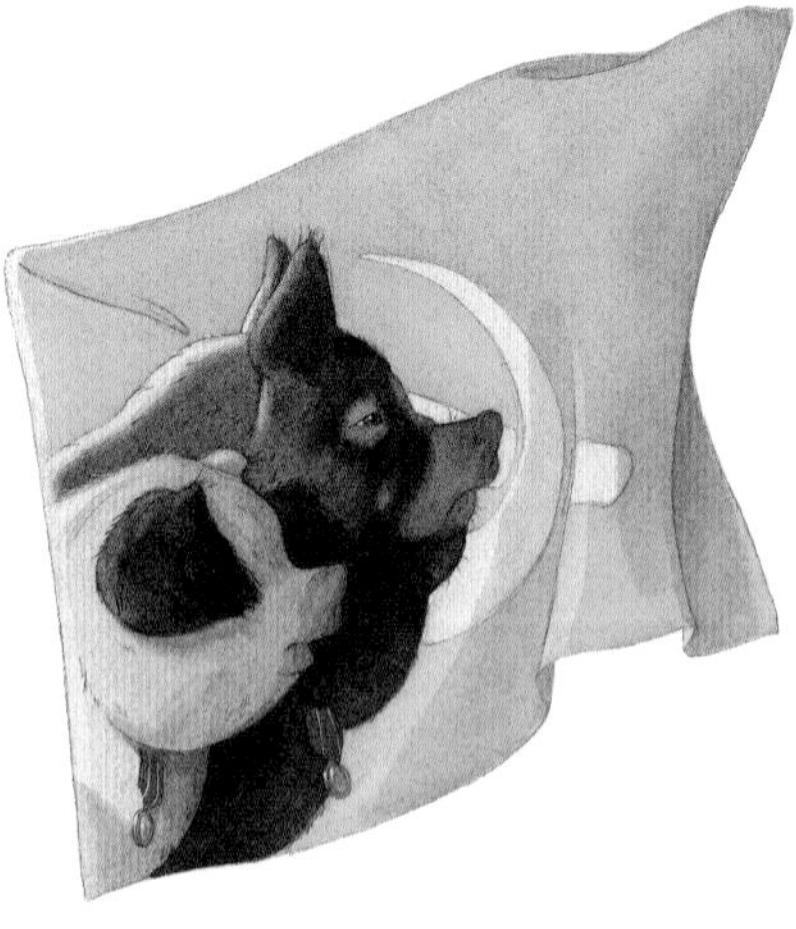

第5章

冬が近づくにつれて、モリーは問題だということがますますはっきりしてきた。毎朝、仕事に遅れてきては、寝すごしちゃったのと言い訳をするし、わけのわからない痛みを訴えるくせに、食欲は旺盛なのだ。あれこれ口実をつけては仕事をさぼって水飲み場にいき、水面に映る自分の姿に間抜け顔でみとれる。それだけでなく、深刻な問題をにおわすうわさもあった。ある日、モリーが陽気に庭に入っていき、長い尻尾を振りながら干し草の茎を噛《か》んでいると、クローバーがすみの方に連れていって話しかけた。

「モリー、とっても大切な話があるの。今朝、あなた、動物農場とフォックスウッド農場の境の生垣《いけがき》からむこうをみてたでしょう。ミスタ・ピルキントンのところで働いている男が生垣の反対側に立っていたわ。そのとき――遠くからだったけど、はっきりみたのよ――その男はあなたに話しかけていて、あなたは鼻《はな》

面《づら》をなでてもらってた。いったい、あれは何、モリー」

「あの人はそんなことしなかった！　あたしもそんなことしてない！　嘘《うそ》ばっかり！」モリーは叫ぶと、飛び跳ねて、地面を蹴った。

「モリー！　ちゃんとこっちをみて。あなた、鼻面をなでてもらってなかったと、胸を張っていえる？」

「そんなの嘘に決まってるわ！」モリーは繰り返したが、クローバーの顔をみることができなかった。そしてさっさと逃げ出して、畑の方に駆けていった。

クローバーはふと気になって、だれにもいわず、モリーの馬房《ばぼう》にいくと、蹄《ひづめ》で寝ワラをどけてみた。すると砂糖の塊が小さな山になっていて、ほかにいろんな色のリボンの束があった。

三日後、モリーは姿を消した。どこにいったのか、数週間はまったくわからなかったのだが、ハトたちがウィリンドンの町の反対側でみかけたと報告した。酒場のまえにとめてある、赤と黒に塗ったおしゃれな二輪馬車につながれていたというのだ。チェックのズボンをはいてゲートルを巻いた赤ら顔の太った男――酒場の主人だろう――に鼻面をなでられ、砂糖を食べさせてもらっていたらしい。モリーの毛はきれいに切りそろえてあって、まっ赤なリボンを前髪につけていた。とても楽しそうにみえたと、ハトたちはいった。動物たちはそれきり、モリーのことは二度と口にしなかった。

一月になると、天候が厳しくなった。地面は固くなり、畑仕事は何もできない。大きな納屋《なや》で何度も集会が開かれ、豚たちは春の作業についての計画を立てるので大忙しだ。豚はほかの動物より明らかに賢いので、農場の管理についてはすべて彼らが決めることが認められた。ただ決定はすべて投票で過半数を得なくてはならない。この方法はスノーボールとナポレオンの意見が一致しさえすればうまくいくはずだったのだが、ふたりの意見は、ことあるごとにぶつかった。どちらかが大麦をたくさんまこうというと、もう一方が決まってカラス麦をたくさんまこうといい、どちらかがどこどこの畑はキャベツを植えるのに最適だというと、もう一方が、あそこはニンジンやジャガイモ以外には向いていないという。どちらもそれぞれ支持者がいて、何度も激しい議論が行われた。大集会では話のうまいスノーボールが過半数を得ることが多かったが、ナポレオンも議論の合間合間に支持者を増やすのがうまかった。とくに羊には人気があった。このところ羊たちは「四本足よし、二本足だめ」というスローガンを時も場所もかまわず連発して議論を中断させた。また、スノーボールの演説のききどころになると、羊たちが「四本足よし、二本足だめ」の合唱を始めるということもわかってきた。スノーボールは母屋でみつけた『農場経営と畜産経営』という雑誌のバックナンバーをていねいに読んでいたので、改革や改善の計画をたくさん持っていた。そして、専門的な言葉を使いながら、畑の排水や、牧草の貯蔵法や、化学肥料について話し、そのうちじつに複雑な計画を思いついた。それに従ってすべての動物が毎日、畑の違う場所に糞《ふん》を落とせば、肥料を運ぶ手間が省けるというものだ。ナポレオンはそんな計画を立てることはなく、落ち着いた声で、スノーボールの計画はどれも役に立たないといい、じっくり自分の出番を待っている様子だった。しかしいつも対立してはいたものの、風車小屋をめぐる議論ほど激しいものはなかった。

　農場の建物からあまり離れていない細長く広がる牧草地に小高い丘があって、農場ではそこが一番高かった。スノーボールはまわりをみてまわり、ここに風車小屋を建てようと提案した。ここに風車小屋を作れば発電機を使って農場に電気を供給することができるというのだ。そうすればみんなの小屋が明るくなるし、冬には暖めこともできる。そのうえ、電動ののこぎりもまぐさ切りも、サトウダイコンのスライサーも、電動の搾乳機《さくにゅうき》も使えるという。ここの動物たちはそれまで、そんなことはきいたことがなかったので驚いて（というのも、この農場の設備はとても古く、道具も旧式のものばかりなのだ）、スノーボールの話に耳を傾けた。それによ

ると、素晴らしい機械があって、仕事はそれにまかせて、自分たちは野原でのんびり草を食べたり、読書や会話で知性をみがくことができるらしい。

数週間のうちに、スノーボールは設計図を描き終えた。設計の詳しいことはほとんどミスタ・ジョーンズの持っていた三冊の本に書かれていた。その三冊というのは『家で役に立つ千のこと』『だれでも作れるレンガの家』『初心者のための電気の知識』だ。スノーボールが仕事部屋に使ったのは、孵卵器《ふらんき》が置いてあった小屋で、床板がなめらかなので、図を描くのにうってつけだった。スノーボールは何時間もそこにこもった。本の上に石を置いて開いたままにしておき、前足の指にチョークをはさんで素早くまえに後ろに動いて、床に次々に線を引きながら、興奮して軽く鼻を鳴らす。複雑に組み合ったクランクや歯車が増えていき、いくつもの設計図が床の半分以上を占領していく。ほかの動物には、何がなんだかさっぱりわからなかったが、これはすごいと、だれもが感

心した。みんな、一日に一度はスノーボールの設計図をみにやってきた。雌鶏やアヒルまでがやってきては、チョークで描かれた線を踏まないよう、細心の注意を払ってみていく。ただナポレオンだけは知らん顔だった。風車小屋を作るという計画に最初から反対していたのだ。ところがある日、思いがけず設計図をみにやってきた。重い足音を立てて小屋のなかを歩きながら、設計図を細かく観察して、一、二度ばかにしたように鼻を鳴らすと、しばらく立ったまま横目でながめていた。それからいきなり片脚を上げて、その上に小便を引っかけると、ひと言もいわずに立ち去った。

この風車小屋をめぐって、農場の動物の意見はまっぷたつに割れた。スノーボールは、これが大変な作業を伴うことは認めていた。切り出してきた石を積み上げて壁を作り、風車の羽根を作らなくてはならないうえに、発電機や電線も必要だ(これをどうやって調達するかについて、スノーボールは何もいわなかった)。しかし、一年以内に完成させられるだろうといった。それからこう続けた。でき上がれば、労働時間もかなり少なくなって、週に三日ほど働けばよくなる。一方、ナポレオンはこう主張した。いま最も急を要する問題は食料の増産だ。そんな風車小屋のために時間をむだにすれば、全員、飢え死にしてしまう。動物たちは二派にわかれた。両派のスローガンは「スノーボールに投票して、週三日」と「ナポレオンに投票して、腹いっぱい」。どちらにもつかなかったのはベンジャミンだけだ。食料が増えるわけはないし、風車小屋で仕事が楽になることもないと固く信じていたのだ。そしてこういった。風車小屋があろうとなかろうと、この暮らしが変わるもんか、ひどいままだ。

風車小屋をめぐる議論とは別に、どうやって農場を守るかという問題があった。だれもが承知していたことだが、人間たちはこの間の「牛小屋の戦い」では負けたものの、今度はもっと思い切ったやりかたで攻めてきて、農場を取りもどし、ミスタ・ジョーンズを元のように農場主にしようとするに違いない。そうしないではいられないはずだ。というのも、人間が負けたという知らせがこの地方全体に広がって、まわりの農場の動物たちがこれまでになく反抗的になっているのだ。そしていつもと同じように、スノーボールとナポレオンは対立した。ナポレオンは、鉄砲を手に入れて、使えるように訓練すべきだと主張し、スノーボールは、どんどんハトを送って、ほかの農場の動物の反抗心をあおるべきだと主張した。片方は、次の戦いで負ければ、征服されてしまうといい、もう片方は、いたるところで反乱が起これば、もう自分たちを守る必要はなくなるといった。動物たちはまずナポレオンの意見をきき、次にスノーボールの意見をきいたのだが、どちらが正しいか決められなかった。話をきいていると、そのときは、その意見が正しいと思ってしまうのだ。

ついにスノーボールの設計図ができ上がり、日曜日の大集会で、風車小屋を作るかどうかの投票が行われることになった。大きな納屋にみんなが集まると、スノーボールが立ち上がり、途中ときどき羊たちの鳴き声で邪魔されたものの、なぜ風車小屋を建設すべきかを説明した。次にナポレオンが立ち上がって口を開いた。とても冷静な口調で、風車小屋など無意味だ、だれひとりそんな提案に賛成すべきではないといって、また座った。三十秒も話さなかったし、この意見が受け入れられようが受け入れられまいが、どうでもいいといわんばかりだ。これをみたスノーボールはいきなり立ち上がり、また鳴き声をあげ始めた羊たちを怒鳴りつけ、なぜ風車小屋が必要かについて熱心に語った。それまで動物たちはどちらの意見に賛成するか決めかねていたのだが、スノーボールの熱弁は一瞬のうちにみんなの心を捉えた。あざやかな言葉で、自分たちの肩から汗くさい労働がなくなったら、この動物農場がどんなふうに変わるかを描いてみせたのだ。スノーボールの頭のなかにあったのは、まぐさ切りやサトウダイコンのスライサーだけではなかった。電気があれば、脱穀《だっこく》したり、畑を耕したり、畝《うね》を作ったり、土をならしたり、穀物を刈《か》り入れたり、作物を束ねたりするのも、すべて機械がやってくれるし、すべての小屋に電灯をつけられるし、湯も水も出るし、暖房もできるといった。こうして、話し終わる頃には、どちらに投票するかは決まったも同然だった。とところがその瞬間、ナポレオンが立ち上がり、意味ありげな目でスノーボールをみると、甲高《かんだか》い声をあげた。それまで、ナポレオンがそんな声をあげるのはだれも耳にしたことがなかった。

それを合図に、すさまじい吠《ほ》え声が外で響いたかと思うと、真鍮《しんちゅう》の鋲《びょう》の突き出た首輪をつけた九頭の巨大な犬が納屋に飛びこんできて、スノーボールめがけて突進した。スノーボールはとっさに飛び退《の》いて、犬たちの牙《きば》をよけた。そしてドアから駆け出し、そのあとを犬が追っていった。ほかの動物はすべて驚きおびえながら、押し合ってドアのまえに出ると、成り行きを見守った。スノーボールは細長く続く牧草地を道路の方へ走っていった。豚が走れる限りのスピードで走ったのだが、犬たちがすぐ後ろまで迫ってくる。突然、スノーボールは足を滑らせ、もうだめかと思われた。しかしまた立ち上がると、それまで以上の速さで走り出す。犬たちがぐんぐん近づいてきて、そのうちの一頭が尻尾に噛みつこうとしたが、スノーボールはぎりぎりのところで尻尾を振り上げた。それからさらに勢いよく駆けて、十センチほどの差で生垣の穴に飛びこみ、姿を消した。

動物たちはおびえ切って何もいわず、納屋に帰った。すぐに犬が駆けもどってきた。最初、この連中がどこからやってきたのかだれもわからなかったが、その疑問はすぐに解けた。ナポレオンが母親たちから取り上げてこっそり育てた子犬だったのだ。まだ成長し切ってはいないが、体格がよく、恐ろしそうなところはオオカミそっくりだ。いつもナポレオンのそばにいて、尻尾を振るところは、農場の犬がミスタ・ジョーンズに尻尾を振っていたのとまったく同じだった。

ナポレオンは犬たちを従え、自分の番だといわんばかりに床より高くなっている棚の上に立った。かつてメイジャーが演説を行った場所だ。ナポレオンは、今後、日曜日の大集会は行わないと宣言し、こう続けた。あんなものは必要ない、時間のむだだ。これから、農場の労働に関する事項は、われわれ豚が特別委員会で決定する。委員長はこのわたしだ。その会議は非公開とし、決定事項はあとで全員に伝える。日曜日の朝は、集まって旗に敬礼し、「イギリスの動物たち」を歌い、その週にすべきことの指示を受けるだけで、議論は一切なしとする。

スノーボールの追放を目の当たりにしてショックを受けた動物たちは、この宣言をきいて暗い気持ちになった。うまく考えをまとめられれば抗議した動物もいただろう。ボクサーでさえなんとなくいやな感じがしていた。耳を後ろに傾け、前髪を何度か振って、懸命に考えを整理しようとしたのだが、結局、何もいえなかった。

しかし豚のうちの何頭かはもう少しはっきり意思表示ができた。前列に並んでいた四頭の若い豚が甲高い声で抗議し、さっと立ち上がると、いっせいに発言し始めた。ところが、ナポレオンのそばに座っていた犬たちが威《い》嚇《かく》的な低いうなり声をあげると、四頭は黙って元のように腰を下ろした。すると羊たちがいきなり喉《のど》を震わせて「四本足よし、二本足だめ！」と叫び出し、それが十五分ほど続いて、議論のチャンスはまったくなくなった。

そのあとキーキーが指示を受けて農場をまわりながら、新しい取り決めをほかの動物に説明した。

「同志諸君」キーキーはいった。「ここにいる動物はみな、同志ナポレオンの献身的な努力に感謝するに違いない。どうか、指導者でいることが楽しいなどと考えないでほしい！　重責を負うことが楽しいはずがない。同志ナポレオン以上に、すべての動物は平等であると固く信じている者はいない。彼はだれよりも諸君が自ら物事を決めてほしいと考えている。しかし諸君は、ときどき誤った判断を下すことがある。そうなると、われわれはいったい、どうなる？　たとえば、諸君がスノーボールに賛同して、あの風車小屋のような愚《おろ》かなことを支持したらどうなっていただろう？　も

うわかっていると思うが、スノーボールは犯罪者だ」

「スノーボールは『牛小屋の戦い』で勇敢に戦ったじゃないか」だれかがいった。

「勇気だけでは十分ではない」キーキーがいった。「忠誠と服従の方が重要なのだ。そして『牛小屋の戦い』についていわせてもらえば、そろそろ、あのときのスノーボールの行為はあまりに誇張されていることを認めるべきだ。同志諸君、重要なのは規律、鉄の規律だ！　これこそが今日の言葉だ。一歩誤れば、敵が襲いかかってくる。諸君は、ジョーンズがもどってくることを望んではいないだろう？」

　これもまた反論の余地がなかった。ジョーンズがもどってくるのを望んでいる者はひとりもいない。日曜日に何をするかという議論を続けるとジョーンズがもどってくるのなら、議論はやめなくてはならない。ようやく考えをまとめることのできたボクサーがみんなの気持ちを代弁した。「もし同志ナポレオンがそういうのなら、それは正しい」このときから、ボクサーは「もっと働

く」という言葉と「ナポレオンは常に正しい」という言葉をしょっちゅう口にするようになった。

この頃には寒さもゆるんで、春の耕作が始まった。スノーボールが設計図を描いた小屋は出入りが禁止され、床の設計図はこすって消されたと思われた。日曜日の午前十時になると、動物たちは大きな納屋に集まって、その週の仕事を割り振られた。きれいに肉が取れたメイジャーの頭蓋骨《ずがいこつ》が果樹園から掘り出され、旗竿《はたざお》の根元にある切り株の上に鉄砲と並べて置かれた。旗を上げると、動物たちは一列になってうやうやしく頭蓋骨に頭を下げてから納屋に入ることになっていた。この頃には以前のように、全員がいっしょに座ることはなかった。ナポレオンが、キーキーともう一頭の豚、作曲や作詞がとてもうまいミニマスといっしょに高くなっている棚のまえの方に座り、そのまわりを半円を作って九頭の若い犬が囲み、その後ろにほかの豚が座った。そのほかの動物は納屋に広がって、ナポレオンたちと向かい合う格好で座る。ナポレオンは、その週の仕事を軍隊風のぶっきらぼうな調子で読み上げ、その後、「イギリスの動物たち」を一回だけ歌って、解散になった。

スノーボールが追放されて三回目の日曜日、動物たちはちょっと驚いた。ナポレオンが思案の末、風車小屋を建てることにしたといったのだ。考えを変えた理由にはひと言も触れず、動物たちに、これからは余分に働くことになるからとても大変だし、食料もへらさなくてはならなくなるだろうといっただけだ。しかしその計画は、細部にいたるまできっちりでき上がっていた。豚の特別委員会がこの三週間、それにかかりっ切りだったのだ。風車小屋の建設は、ほかの様々な改善計画とともに行うことになっていて、二年かかると予想されていた。

その日の夕方、キーキーはほかの動物たちに、こっそりこんな話をした。じつをいうと、ナポレオンは風車小屋の建設にはまったく反対ではなかった。それどころか、最初に発案したのはナポレオンの方で、実際、スノーボールが孵卵器のあった小屋の床に描いた図面はナポレオンの持っていた書類から盗んだものだ。あの風車小屋を考えついたのはナポレオンだったのだ。するとだれかが、じゃあ、なぜ、あんなに反対したんだとたずねた。キーキーはずるそうな顔をして答えた。そこが、同志ナポレオンの賢いところだ。風車小屋の建設に反対したのは、単にスノーボールを追い出すための策略だった。なぜなら、スノーボールは危険思想に染まっていて、諸君に悪影響をあたえるからだ。こうしてスノーボールがいなくなれば、もうなんの不安もなく計画を進めることができる。これが戦略というものだ。キーキーは何度も「戦略だよ、同志諸君、戦略！」と繰り返しながら跳ねまわり、楽しそうに笑いながら尻尾を振った。動物たちは、戦略という言葉がどういう意味なのかよくわからなかったが、キーキーの話はいかにも本当らしくきこえたうえに、たまたまいっしょにやってきた三頭の犬がおどかすようになっていたので、それきり質問するのはやめてキーキーの説明を受け入れることにしたのだった。

第6章

その年はずっと、みんな奴隷《どれい》のように働いた。しかし労働は楽しかった。だれひとり努力をおしまず犠牲《ぎせい》をいとわなかった。というのも、いましていることはすべて自分たちのため、これから生まれてくる者たちのためで、仕事もせずに動物を搾取《さくしゅ》する人間たちのためではないということがよくわかっていたからだ。

春も夏も動物たちは週に六十時間働き、八月にはナポレオンが、日曜日の午後も働くことにすると発表した。これは希望者だけでいいが、働かない者は食料を半分にするという条件つきだ。しかしここまでしても、いくつかの作業は残ってしまった。収穫は前の年よりも少なかったし、初夏にニンジンやジャガイモを植える予定だった畑がふたつ、耕すのが遅くなったため、そのまま放っておくことになった。今度の冬をしのぐのは厳しくなりそうだ。

風車小屋の建設は思いのほか大変だった。農場には石灰岩を切り出すのに適した石切り場があり、離れの小屋に砂やセメントもたっぷりあった。つまり、風車小屋を作るための材料はすべてそろっているのだが、大きな問題があった。動物たちは岩を適当な大きさに割ることができないのだ。割るにはツルハシと金《かな》てこを使うしかないのだが、だれひとりそんなものは使えない。なぜなら、後ろ足で立つことができないからだ。何週間もむだな努力を重ねたあげく、だれかが名案を思いついた。重力を使えばいい。石切り場の下には大きくて使えない岩があちこちに転がっていた。動物たちはそういった岩にロープを巻きつけ、牛も馬も羊も――ときには豚も――ロープをつかめる者が全員いっしょになって――いやになるほどゆっくりと岩を引きずりながら石切り場の坂をのぼっていき、上に着くと、それを崖の縁から下に落とす。すると岩は粉々に割れる。小さくなった岩を運ぶのはずっと楽だった。馬はそれを荷馬車に載せて運び、羊はひとつずつ引きずっていき、ミュリエルやベンジャミンまでがいっしょに古い二輪馬車を引いて運んだ。夏が終わる頃には、十分な量の石が集まり、いよいよ建設が、豚たちの監督のもとで始まった。

しかし進みは遅く、作業は大変だった。岩をひとつ石切り場の上の方まで引っぱり上げるのに丸一日かかることもしょっちゅうで、ときには、落とした岩が割れないこともあった。そしてボクサーなしでは何もできない。ボクサーはほかの仲間を全員集めたくらいの力があるのだ。坂の途中で岩が滑り出すと、動物たちも引きずられそうになって悲鳴をあげるのだが、そういうときはいつもボクサーがロープを引き受けて上まで引っぱっていった。ボクサーが坂道をじりじりのぼりながら、息を切らせ、地面に蹄《ひづめ》をくいこませ、大きな胴体に汗をにじませる姿をみて、だれもが目を見張り感謝した。ときどきクローバーが、無理をしないよう注意したが、ボクサーは耳を貸さなかった。まるで「もっと働く」「ナポレオンは常に正しい」というふたつの言葉で、すべての問題が解決するといわんばかりだ。雄鶏に、毎朝、三十分ではなく四十五分早く起こしてくれるよう頼んでいたうえ、暇な時間があると――暇などほとんどなかったが――ひとりで石切り場にいって、砕けた岩を集め、だれの力も借りずに風車小屋の建設現場まで引っぱっていった。

夏の間、動物たちは重労働をしたが、それほどつらい思いをせずにすんだ。ジョーンズに使われていた頃より食料が増えているわけではなかったものの、へったわけでもなかったからだ。自分たちが食べられれば十分で、大食いの人間五人を食べさせる必要はない、大きな過ちを重ねない限り楽なものだ。それに多くの点で、動物たちのやり方は能率的で、それは労働の軽減につながった。たとえば草取りなどは、人間にはできない徹底したやり方で行われた。

そして盗み食いをする動物はいなくなったので、牧草地と畑を行き来できないように区切る必要はなくなった。そのおかげで生垣《いけがき》や門の修理や手入れは不要になった。しかし秋が近づくにつれて、いろんな物が不足してきた。灯油、釘《くぎ》、紐《ひも》、犬のビスケット、蹄鉄《ていてつ》に使う鉄などは農場では作れない。やがて、畑にまく種や人工肥料、様々な道具も足りなくなり、最後には風車小屋に必要な機械も必要になってきた。どうすればそういった物を手に入れることができるのか、動物たちにはまったくわからなかった。

日曜日の朝、みんなが仕事を割り当てられるために集まると、ナポレオンが新しい方針を発表した。これから動物農場は、まわりの農場と取引を始めるというのだ。もちろんもうけるためではなく、必用最小限な物を手に入れるためだ。風車小屋の建設を最優先し、そのために現在、干し草やその年に収穫した小麦の一部を売る交渉をしているが、今後さらに資金が必要になれば、卵を売る、ウィリンドンの町ならいつでも買い手はつく。ナポレオンは、雌鶏は風車小屋の建設のために特別の貢献《こうけん》ができることを喜ぶようにといった。

これをきいて動物たちはまた、なんとなく不安になった。決して人間とは取引をしないこと、決して物の売買をしないこと、決して金銭を使わないこと——これらはジョーンズたちを追い出したときの勝利の大集会で最初に決めたはずだ。動物たちは全員、その決定がなされたことを覚えていたか、少なくとも覚えていると思っていた。ナポレオンが「大集会」をやめることを決めたときに反対した四頭の豚がおずおずと声をあげたが、すぐに犬たちのすさまじいうなり声で黙りこんだ。そしていつものように、羊たちが「四本足よし、二本足だめ！」の合唱を始め、一瞬流れたぎこちない雰囲気も消えてしまった。この場をしめくくろうと、ナポレオンが前足を上げて、みんなを静かにさせると、手はずはすべて整えてあるといった。動物は人間とやりとりをする必要はない、そんなことは何があろうと避けるべきだ。重荷はすべて、わたしが背負う。ウィリンドンに住むミスタ・ウィンパーという弁護士が動物農場と外をつなぐ仲介役をしてくれることになっており、毎週、月曜日の朝、わたしから指示を受けることになっている。こういってナポレオンはいつものように「動物農場よ、永遠に！」と大声でとなえ、動物たちは「イギリスの動物たち」を歌って解散した。

そのあと、キーキーが農場をまわって、動物たちを落ち着かせた。商売はしないとか、金《かね》を使ってはならないといった決まりはなかった、そんな話し合いをしたことさえなかったといったのだ。すべて単なる思いこみで、おそらくそれはスノーボールが触れまわった嘘《うそ》のせいだ。それでもまだなんとなくあやしいと思っている動物に対して、抜け目のないキーキーはこうたずねた。「諸君は、実際にそういうことがあったというのか。では、その記録を持っているのか。いったい、どこに書かれているのだ」そんなことを書きとめてあるはずはないので、疑わしく思っていた動物たちも、自分たちが間違っていたと納得するほかなかった。

毎週、月曜日になるとミスタ・ウィンパーが取り決めどおり、農場にやってきた。ミスタ・ウィンパーはみるからにずるそうな小男で、頬《ほお》ひげを生やしていた。小さい仕事しかしていない事務弁護士だが、だれよりも早く、動物農場には仲介役が必要で、その手数料はかなりのもうけになることに気づくくらいの頭はあった。動物たちはミスタ・ウィンパーが出入りするのを怖がって、なるべく近寄らないようにした。しかし四本足のナポレオンが二本足で立っているウィンパーにあれこれいいつけているのをみると、うれしくなって、この新しいやり方もそう悪くないような気がしてきた。こうして動物と人間との関係は以前とはかなり違ったものになった。もちろん、人間たちは動物農場の経営がうまくいっているのをみて喜ぶことはなかった。というか、それまで以上に、いまいましく思うようになった。そしてだれもが、遅かれ早かれ農場の経営は行き詰まって、何よりも、風車小屋の建設は挫折《ざせつ》するに違いないと考えていた。パブに集まると決まって、いろんな図を描いては、あんなもの途中で倒れないはずがない、できたとしても動くわけがないといった。それでも、動物たちが効率よく農場を経営しているのをみると、ある種の敬意を抱かないわけにはいかなかった。そのひとつの表れが、農場を動物農場と呼ぶようになって、もうお屋敷農場とは呼ばなくなったことだ。そしてジョーンズの肩を持つのもやめた。ジョーンズは農場を取りもどすのをあきらめて、その地方の別の場所に引っ越してしまったのだ。動物農場と外の世界の接点はウィンパーしかなかったのだが、ナポレオンはそのうちフォックスウッド農場のミスタ・ピルキントンかピンチフィールド農場のミスタ・フレデリックと思い切った取引を始めるのではないかといううわさは常にあった。しかし、同時に両方とつき合うことはないだろうともいわれていた。

ちょうどこの頃、豚たちがいきなり母屋で暮らし始めた。動物たちはまた、母屋は使わないことになっていたことをなんとなく思い出したのだが、またキーキーが、そんなことはないといいくるめてしまった。これは必要なのだと、キーキーはいった。われわれはこの農場の頭脳なのだから、静かな場所で仕事をすべきなのだ。それにわれわれの指導者は（最近、キーキーはナポレオンのことを話すときに、「指導者」と呼ぶようにしていた）威厳がなくてはならないのだから、みすぼらしい豚小屋ではなく、しかるべき家に住むべきなのだ。それでも、豚たちがキッチンで食事をしたり客間を娯楽室に使ったりするだけでなく、ベッドで寝るのはおかしいと思う動物がいた。ボクサーはいつものように「ナポレオンは常に正しい！」といってすませていたが、クローバーの方は、ベッドは絶対に使わないという決まりを覚えているような気がしたので、納《な》屋《や》の端《はし》までいって、そこに書かれている「七つの規則」を読もうとした。ところがひとつひとつの文字は読めても、文の意味はわからなかったので、ミュリエルを連れてきた。

「ねえ、ミュリエル、四番目の規則を読んでちょうだい。絶対、ベッドに寝ちゃだめだって書いてあると思うんだけど」

ミュリエルはかなり苦労しながらそれを読み上げた。

「こう書いてある。『動物は決して、シーツのかかったベッドに寝てはならない』」

奇妙なことに、クローバーは四番目の規則にシーツのことが書かれていたのは覚えていなかった。しかし壁にそうあるからには、そう書かれていたに違いない。ちょうどそのときキーキーが二、三頭の犬を連れて通りかかった。そしてこの問題を見事に説明した。

「諸君は、われわれ豚が現在、母屋のベッドで寝ているということを耳にしたわけだが、それがなぜまずい。いうまでもなく、ベッドで寝てはならないという規則などない。ベッドとは単に寝る場所のことだ。馬屋のワラの山も厳密にいえば、ベッドだ。つまり禁じられているのはシーツだ。シーツは人間が発明した物だ。われわれは母屋のベッドからシーツははがし、毛布にはさまって寝ている。このベッドはじつに快適だ！　しかしいうまでもないが、最近われわれが取り組んでいる頭脳労働をこなすのに必要な程度に快適なだけだ。だから、われわれの休息を奪わないでほしい。われわれが疲れ果てて義務を果たせなくなることを望んでいないだろう？　諸君のうちで、ジョーンズがもどってくるのを望んでいる者はひとりもいないはずだ」

クローバーもミュリエルも、そんなのは絶対にいやですと即座に答えた。そしてそれきり、豚たちが母屋のベッドで寝ることについてはだれも何もいわなくなった。それから数日後、これから豚は朝、ほかの動物より一時間遅く起きることにするという決まりが発表されたときも、反対する者はいなかった。

秋になっても、動物たちは疲れていたが幸せだった。厳しい一年で、干し草や麦の一部を売ったので冬の食料のたくわえも十分とはいえなかったが、風車小屋がすべてをおぎなってあまりあった。すでに半分はでき上がっていたのだ。

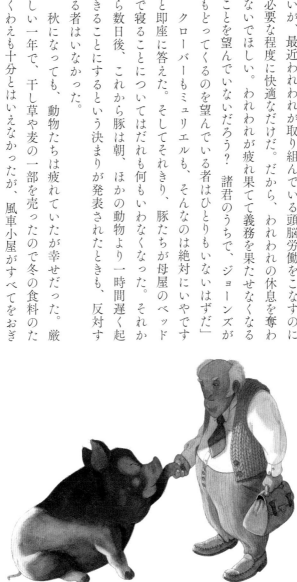

Menu
PIZZA

収穫が終わると、しばらくからりと晴れた天気が続いたので、動物たちはそれまで以上に働いた。一日中、石を運んで、あと三十センチでも壁を高くできればと思っていた。ボクサーは幾晩か、外に出て、丸い月の下、一、二時間働いた。動物たちは暇があると、できかけの風車小屋のまわりを歩いて、まっすぐ立った分厚い壁をほれぼれとながめ、自分たちがこんなにすごいものを作ったことに驚いた。年寄りのベンジャミンだけが無感動で、いつものように、ロバは長生きだと、わけのわからないことをいっていた。

十一月に入ると南西の風がようしゃなく吹くようになり、建設作業は中止になった。雨が降ってセメントを混ぜることができなくなったのだ。やがてある夜、すさまじい風が吹いて、農場の建物が土台から揺れ、納屋の屋根のかわらが何枚か吹き飛ばされた。雌鶏たちは目を覚まし、騒々しく鳴いた。みんな同時に、遠くの銃声をきく夢をみたのだ。朝になって寝場所から出ると、旗竿《はたざお》が倒れて、果樹園の端に生えていたニレの木がダ

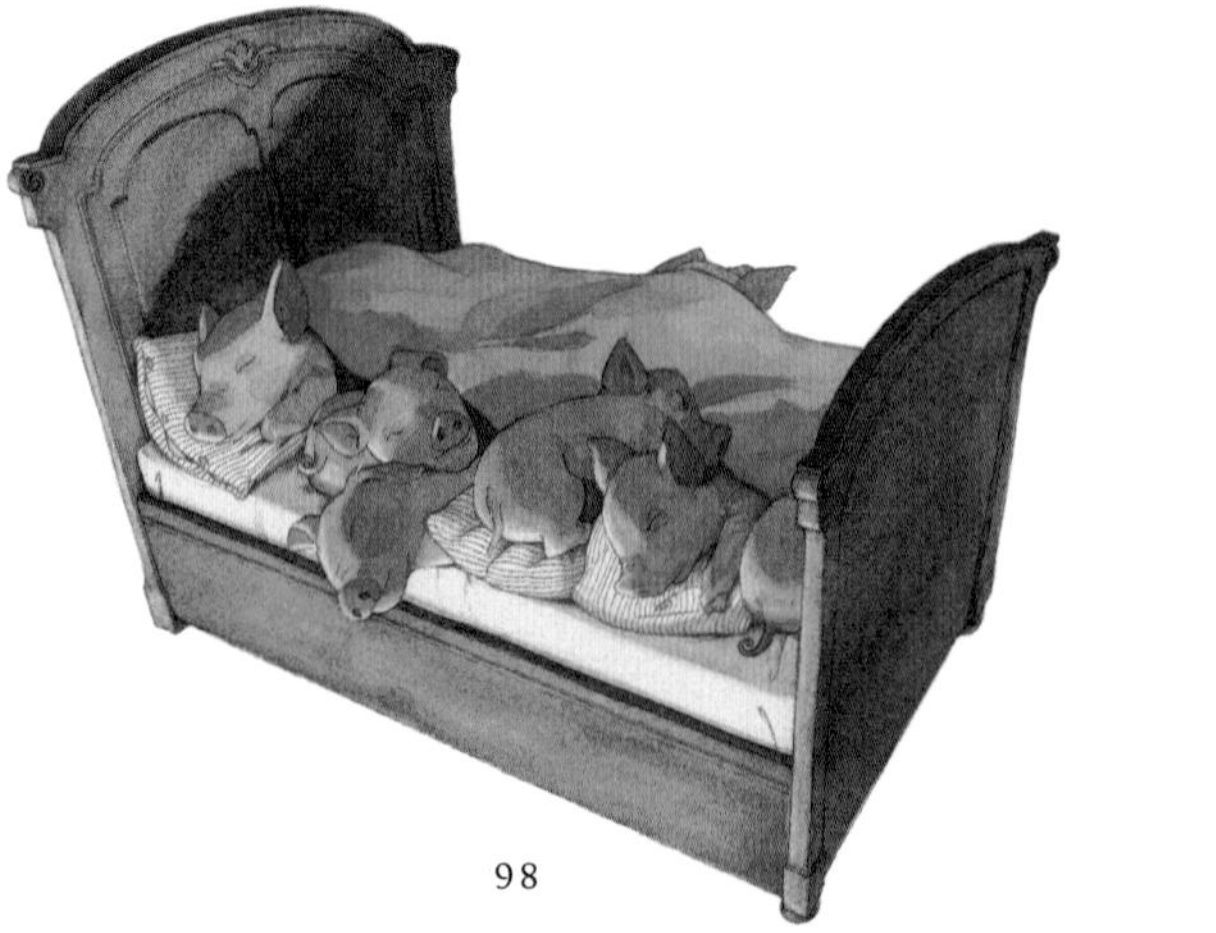

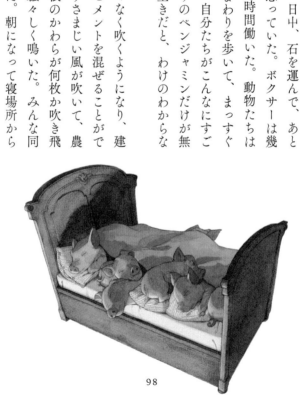

イコンのように引き抜かれていた。しかし動物たちに絶望の叫びをあげさせたのは、次に目にしたものだった。これほど悲しい情景があるだろうか。風車小屋が崩れていたのだ。

動物たちはいっせいにそちらに駆けていった。いつもはのんびり歩いているナポレオンが先頭を走っている。みんなの血と汗の結晶が土台から崩れていた。あれほど苦労して割って運んだ石があたりに転がっている。最初、だれもが言葉を失い、悲しそうに崩れた石の残骸《ざんがい》をながめるしかなかった。ナポレオンは何もいわず、地面をかぎまわっていた。尻尾が立って、ぴくぴく動いている。懸命に考えているしるしだ。それから決意を固めたといわんばかりに、いきなり立ち止まった。

「同志諸君」ナポレオンは穏やかに語りかけた。「だれの仕業だと思う？　夜、ここにきて、われわれの風車小屋を粉々にした敵がだれだか知っているか。スノーボールだ！」それから突然、雷鳴のような声を張り上げた。「スノーボールの仕業だ！　悪意にとりつかれ、不名誉にも追放された仕返しをたくらんで、われわれの計画を妨害しようとしたのだ。あの裏切り者は夜の闇に隠れてこっそりやってきて、われわれがほぼ一年かけて作り上げたものを無にしてしまった。いいか、諸君、わたしはいまここに、スノーボールに死刑を宣告する。スノーボールを処刑した者には、だれであれ、『第二等動物英雄勲章』とリンゴを半樽《たる》、生け捕りにした者には、だれであれ、リンゴ一樽を与える！」

動物たちはだれもが耳を疑った。スノーボールがこんなことをしたとは。憤《いきどお》りの叫び声があがり、みんな、スノーボールがもどってきたらどうやってつかまえてやろうかと考え出した。それとほとんど同時に、丘から少し離れたところで豚の足跡がみつかった。ほんの数メートルしか足跡は残っていなかったが、生垣の穴の方に向かっているようにみえる。ナポレオンは、その足跡のにおいを注意深くかいで、スノーボールの足跡に間違いないと断言した。そしてスノーボールはおそらくフォックスウッド農場からやってきたのだろうといった。

「ぐずぐずしているときではない！」足跡をかぎ終わったナポレオンは大声でいった。「仕事だ。今朝から早速、風車小屋の再建を始める。冬の間ずっと休みはない。晴れようが雨が降ろうが関係ない。あのみじめな裏切り者に思い知らせてやれ。われわれの仕事をやすやすとつぶされてたまるか。諸君、よく覚えておけ、われわれの計画に変更はない。予定の期日までに完成させるのだ。さあ、諸君、前進あるのみ！　風車小屋よ、永遠に！　動物農場よ、永遠に！」

郵便はがき

料金受取人払郵便

豊島局承認

3719

差出有効期間
2025年4月30日
まで

1708780

052

東京都豊島区南大塚2-32-4
パイ インターナショナル 行

追加書籍をご注文の場合は以下にご記入ください

●小社書籍のご注文は、下記の注文欄をご利用下さい。**宅配便の代引**にてお届けします。代引手数料と送料は、ご注文合計金額（税抜）が5,000円以上の場合は無料、同未満の場合は代引手数料300円（税抜）、送料600円（税抜・全国一律）。乱丁・落丁以外のご返品はお受けしかねますのでご了承ください。

注文書

ご注文書籍名	冊数	お支払額
	冊	円
	冊	円
	冊	円
	冊	円

●**お届け先は裏面に**ご記載ください。
（発送日、品切れ商品のご連絡をいたしますので、必ずお電話番号をご記入ください。）

●電話やFAX、小社WEBサイトでもご注文を承ります。
https://www.pie.co.jp　TEL：03-3944-3981　FAX：03-5395-4830

ご購入いただいた本のタイトル　　　　ご記入日：　　年　　月　　日

●普段どのような媒体をご覧になっていますか？（雑誌名等、具体的に）

雑誌（　　　　　　　　　　）WEBサイト（　　　　　　　　　　）

●この本についてのご意見・ご感想をお聞かせください。

●今後、小社より出版をご希望の企画・テーマがございましたら、ぜひお聞かせください。

お客様のご感想を新聞等の広告媒体や、小社Facebook・Twitterに匿名で紹介させていただく場合がございます。不可の場合のみ「いいえ」に○を付けて下さい。		いいえ
性別　男・女	年齢　　歳	ご職業
フリガナ お名前		
ご住所（〒　　—　　）　TEL		
e-mail PIEメルマガをご希望の場合は「はい」に○を付けて下さい。　はい		

ご記入ありがとうございました。お送りいただいた愛読者カードはアフターサービス・新刊案内・マーケティング資料・今後の企画の参考とさせていただき、それ以外の目的では使用いたしません。
読者カードをお送りいただいた方の中から抽選で粗品をさしあげます。

5560 動物農場

第7章

その年の冬は厳しかった。荒れ模様の天気が続いたかと思うと、あられや雪が降り出し、やがてあたりを固くおおった霜は二月半ばまで解けることはなかった。動物たちはふたたび必死で風車小屋の建設にはげんでいたが、外の世界からみられていることはよくわかっていた。そして、これをねたんでいる人間たちは風車小屋が予定どおりに建たなければ、それみたことかと大喜びすることもわかっていた。

人間たちは意地悪く、風車小屋が倒れたのはスノーボールの仕業ではなく、壁が薄かったからだと思っているふりをしていた。動物たちはそんなはずないことはわかっていたが、以前四十五センチだった壁を二倍の九十センチにすることにした。ということは岩も二倍必要になる。長い間、石切り場は吹き寄せられた雪が積もって、なんの作業もできなかった。そのあと身を切るような乾燥した天候のなかでわずかに作業は進んだものの、それはつらく厳しく、動物たちは以前ほど楽観的ではいられなかった。寒く、ひもじかった。ボクサーとクローバーだけはくじけなかった。キーキーは、奉仕の喜びと労働の尊さを立派に語ってみせたが、ほかの動物たちはボクサーの力と「もっと働く！」というかけ声の方がはげみになった。

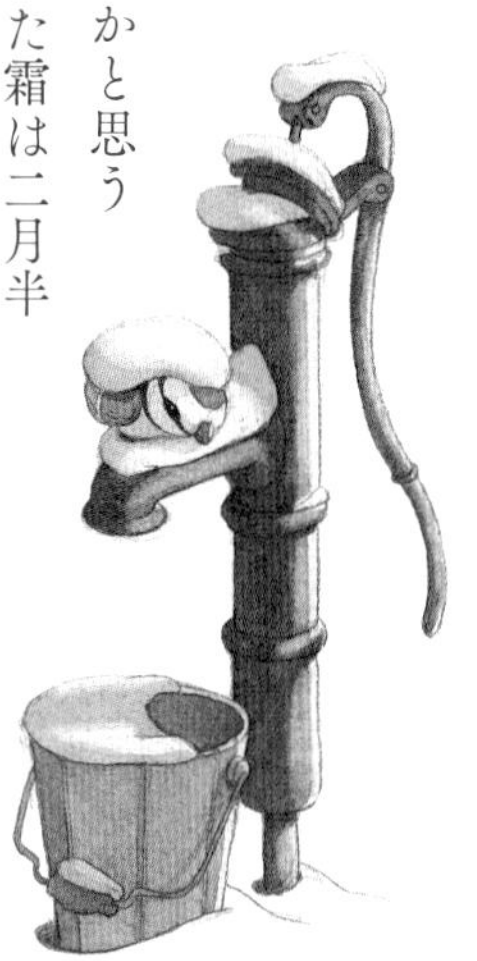

一月になると、食料が不足してきた。麦の配給がいきなり少なくなり、そのかわりにジャガイモを支給するという発表があった。ところがジャガイモは上にかけておいたワラが十分でなく、ほとんどが霜にやられていることがわかった。どれも柔らかくなって変色し、食べられるものはほんの少しだ。何日も、刻んだワラやサトウダイコンしか食べられないこともあった。飢え死にするのもそれほど先のことではなさそうに思えた。

こんな状況になっていることは、絶対、外の世界に知られてはならない。建設中の風車小屋が倒れたのに気をよくした人間たちは、動物農場のことで新しい嘘《うそ》をいいふらすようになった。動物たちはみんな飢えと病気で死にかけている、仲間げんかが絶えず、共食いや子ども殺しが行われているというのだ。ナポレオンは、この食料事情が外に知られたらどんなことになるかよくわかっていたので、ミスタ・ウィンパーを使って逆のうわさを広めることにした。これまで、一週間に一度やってくるミスタ・ウィンパーと動物たちが触れ合うことはほとんどなかったのだが、数頭の動物を選んで――ほとんど羊だった――配給の食料が増えたと、さりげなくいわせたのだ。それからもうひとつ、倉庫にあるほとんど空っぽの穀物入れに砂を詰めて、その上に残っている麦や粗挽《あらび》きの粉をのせておいた。そしてうまい口実を作ってミスタ・ウィンパーを倉庫に連れていき、それをみせたのだ。ミスタ・ウィンパーはまんまとだまされて、外の世界に、動物農場に食料はたっぷりあると触れまわるようになった。

しかし一月も終わりに近づくと、どこかから食料を調達しなくてはならないことがはっきりした。その頃、ナポレオンはほとんどみんなのまえに出ることはなく、ずっと母屋で過ごすようになっていた。母屋の出入り口はどれも、怖い顔の犬に守らせていた。そして表に出るときはいつも偉そうにして、六頭の犬をそばから離さず、だれかが近づくとうなり声をあげさせた。日曜日の朝にも姿を現すことはあまりなく、命令はほかの豚が、それもほとんどいつもキーキーが読み上げた。

ある日曜日の朝、ふたたび卵を産む時期に入った雌鶏たちに、卵を差し出すよう、キーキーがいってきた。ナポレオンがミスタ・ウィンパーと取引をして、週に四百個の卵を売ることにしたというのだ。そうすれば、夏まで農場の動物たちの食料がまかなえるし、みんなの生活も楽になるらしい。

雌鶏たちはこれをきくと、すさまじい鳴き声をあげた。まえからそうなるかもしれないときかされていたものの、まさか現実になるとは思ってもいなかったのだ。いまはちょうど春に孵化《ふか》する卵を産んでいる最中で、これを持っていくのはひなを殺すも同然です、といって抗議した。ジョーンズを追い出して以来初めて、農場に反乱の気運が生まれた。三匹の若い黒ミノルカ種の雌鶏に率いられた雌鶏たちはナポレオンの決定をくつがえそうと断固とした行動を起こした。屋根の垂木《たるき》の上に飛び乗って卵を産んだのだ。卵は下に落ちて粉々に割れた。ナポレオンはすぐにようしゃない制裁を加えた。雌鶏の食料の配給を差し止めたのだ。そして、雌鶏に一粒でも与え

た者は死刑に処すと宣言した。犬たちがその監視役を務めた。雌鶏たちは五日間は持ちこたえたものの、降伏して、巣箱にもどっていった。その間に九匹の雌鶏が死んだ。死体は果樹園に埋められ、ニワトリに寄生する虫のせいで死んだことにされた。ミスタ・ウィンパーはそんなことはまったく知らず、卵は予定どおりに出荷され、週に一度、食料品店の荷馬車が取りにやってきた。

この間、スノーボールはまったく姿を現さなかった。近くのフォックスウッド農場かピンチフィールド農場に身をひそめているとうわさされていた。ナポレオンは、この頃までにはほかの農場主たちと以前よりは親しくつき合うようになった。たまたま庭に材木の山があった。十年前にブナの木の林を切り払ったときのものだ。それを、よく乾燥しているから売ったらどうかとミスタ・ウィンパーがナポレオンに持ちかけた。ミスタ・ピルキントンもミスタ・フレデリックも買いたがっていたのだ。ナポレオンはどちらに売るか迷っていて、決心がつかなかった。ナポレオンがミスタ・フレデリックに売りそうになるといつも、スノーボールがフォックスウッド農場にひそんでいるといううわさが立ち、ミスタ・ピルキントンに売りそうになると、スノーボールはピンチフィールド農場にひそんでいるといううわさが立った。

春になって早々、いきなり、恐ろしい事実が判明した。スノーボールは夜、ひそかに、それもたびたび農場にやってきていたのだ！　動物たちは不安になり、小屋で眠れなくなってしまっ

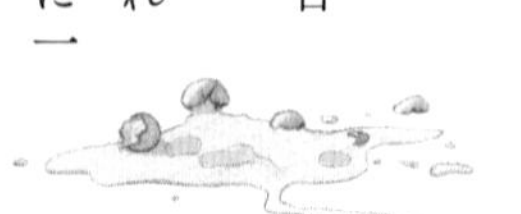

た。毎晩、スノーボールが闇にまぎれて忍びこみ、様々な悪事を働いているといううわさが飛びかった。麦を盗み、ミルクの入ったバケツをひっくり返し、卵を割り、苗床《なえどこ》を踏み荒らし、果樹園の木の皮をかじっているというのだ。何かよくないことが起こると、それはいつもスノーボールのせいにされた。窓が割れたり、溝が詰まったりすると、だれかが決まって、スノーボールが夜やってきたといい、物置小屋の鍵がなくなると、農場の動物はみんな、スノーボールが井戸に投げこんだと信じるのだ。不思議なことに、鍵が挽《ひ》き割《わ》り小麦の袋の下にみつかったあとも、そう信じている。雌牛たちは口々に、スノーボールがこっそりやってきて、眠っている自分たちのミルクをしぼっていったといった。ネズミたちは冬の間、みんなの悩みの種だったが、あいつらはスノーボールとぐるになってけしからんことをしているといわれた。

ナポレオンは、スノーボールの行動を徹底的に調査すると宣言した。そして犬を連れて農場の建物を注意深くみてまわり、ほかの動物たちはおずおずと距離を置いてついていった。ナポレオンは二、三歩ごとに立ち止まって、地面のにおいをかいだ。スノーボールが通っていればにおいでわかるというのだ。そして納屋《なや》も、牛小屋も、鶏小屋も、野菜畑もすみからすみまでかいでまわり、ほとんどすべての場所でスノーボールがやってきた跡をみつけた。鼻を地面にくっつけるようにして何度か深く息を吸いこみ、恐ろしい声で「スノーボールだ！　ここにいたんだな！　あいつのにおいがはっきり残っている！」といい、「スノーボール」という言葉をいうたびに、犬たちが血も凍るうなり声をあげ、牙《きば》をのぞかせた。

動物たちは震え上がった。まるでスノーボールが目にみえない影響力を持っていて、まわりの空気のなかにひそんでいるかのようで、何が起こるかわからない不穏な雰囲気が立ちこめていた。夜になるとキーキーが全員を呼び集め、真剣な顔つきで、大変な知らせがあるといった。

「諸君！」キーキーはちょっと神経質そうに飛び跳ねながら声をあげた。「恐るべき事実が判明した。スノーボールはピンチフィールド農場のフレデリックに身を売ったことがわかったのだ。いまフレデリックは攻撃の準備をしている最中で、この農場をわれわれから奪い取るつもりでいる！　スノーボールは、攻撃が始まると、その手引きをすることになっているのだ。しかし、もっと恐ろしい事実がある。われわれは、スノーボールの反逆はうらみと野心によって引き起こされたものだと考えていたのだが、それはまったくの間違いだったことが判明した。本当の理由がなんだったか知りたいか。スノーボールは、最初の最初から、ジョーンズと結託していたのだ！　ずっと前から、ジョーンズのスパイだった。その事実は、スノーボールが残していっ

た書き物によってすべて明らかになった。その書き物をわれわれはついさっき発見したところだ。これで多くのことが明るみに出た。スノーボールのたくらみによって――幸いなことに成功しなかったが――われわれは『牛小屋の戦い』で惨敗《ざんぱい》し、全滅させられるところだったんだ」

動物たちはあっけにとられた。このひどい裏切りとくらべれば、スノーボールが風車小屋を壊したことなどささいなことだ。ただ、この事実をしっかり受け止めるまでには数分かかった。だれもがよく覚えていた、というかよく覚えていると思っていただけかもしれないが、「牛小屋の戦い」のときスノーボールは先頭に立って戦い、ことあるごとにみんなを元気づけ、勇気づけ、ジョーンズの撃った弾が背中に命中したときでさえ一瞬たりとも足を止めなかった。それなのにジョーンズと手を組んでいたというのはつじつまが合わない。普段は疑問を差しはさむことのないボクサーさえ、首をかしげ、前脚を折ってしゃがむと目を閉じて、必死に考えをまとめようとした。

「そんなばかなことがあるか」ボクサーはいった。「スノーボールは『牛小屋の戦い』で勇敢に戦ったじゃないか。しっかり、この目でみた。だから、みんなでスノーボールに『第一等動物英雄勲章』を与えたんだ」

「それが間違いだったのだ。いまようやくわかった。すべてはわれわれのみつけた秘密文書に書かれている。間違いない。スノーボールはわれわれを破滅に導こうとしていたのだ」

「だが、スノーボールは負傷した」ボクサーがいった。「だれもがみたはずだ。スノーボールは

血まみれで走りまわっていたじゃないか」
「それも作戦だったのだ」キーキーが声をあげた。「ジョーンズは弾が軽くかすめる程度に撃った。それはスノーボールの書いたものを読めばわかる。まあ、読めればだが。それによると、ここぞというときにスノーボールが味方に、撤退しろと声をあげて、敵に勝たせる段取りだった。そしてあやうく成功するところだった。みんな、よくきいてくれ、あのときわれらが英雄的指導者ナポレオンがいなかったら、そうなっていたところだ。諸君も覚えているだろう。ジョーンズや使用人が庭に入ったとたんに、スノーボールはいきなり回れ右をして逃げ出したじゃないか。そして多くの仲間がそのあとを追った。それから、ちょうどそのとき、みんながパニックになりかけて、もうだめかと思ったとき、同志ナポレオンが飛び出して、『人間に死を！』と叫び、ジョーンズの脚に噛《か》みついた。だれもがよく覚えているはずだ」キーキーは右に左に跳びながら大声でいった。
こんなふうにありありと語られると、動物たちは、そのとおりだったという気になってしまった。とにかく、勝敗が決まりそうになった瞬間、スノーボールが背を向けて逃げ出したのはよく覚えていた。しかしボクサーはそれでもまだ納得し切っていなかった。

「スノーボールが最初から裏切り者だったとは信じられない」ボクサーはしばらくして口を開いた。「あとのことは別としても、『牛小屋の戦い』のときのスノーボールはわれわれの仲間だったと思う」

「われらの指導者、ナポレオンが」キーキーはとてもゆっくり、そして断言した。「絶対的な信念を持って――いいか、絶対的な信念を持ってだぞ――すべては最初の最初から――そうとも、反乱などだれも考えていない頃から――スノーボールはジョーンズの手先だったといっているのだ」

「なるほど、それなら話は別だ！」ボクサーがいった。「ナポレオンがそういうなら、間違いない」

「それでこそ動物のなかの動物だ！」キーキーは大声でそういったものの、ぎらぎらした小さな目にいまいましそうな表情を浮かべてボクサーをみた。それから立ち去ろうとしたが、ふと足を止めて偉そうに付け加えた。「この農場の動物全員に警告しておく。よく目を開いておけよ。多くの証拠から考えるに、スノーボールの密偵《みってい》がこのなかにひそんでいるかもしれないからな。いま、この瞬間も」

四日後の午後遅く、ナポレオンがひとり残らず庭に集まるよう命令した。そして全員が集合すると、母屋から勲章を二個つけて出てきた（というのも、つい最近、「第一等動物英雄勲章」と「第二等動物英雄勲章」を自分で自分に授けたからだ）。九頭の大きな犬がそのまわりを飛び跳ねながらうなっているのをみると、動物たちは身をすくめた。みんな決められた場所で小さくなって口をつぐみ、何か恐ろしいことが起こりそうだと予感しているようだ。

ナポレオンは厳しい顔で、動物たちを見下ろしていたが、やがて甲高《かんだか》く鼻を鳴らした。そのとたん、犬たちが飛び出してきて四頭の豚の耳をくわえて、痛みと恐怖で鳴きわめくのもかまわず、ナポレオンの足元まで引きずっていった。豚の耳から流れる血をなめた犬たちはしばらく気がふれたかのようだった。だれもがびっくりしてみていると、そのうちの三頭がボクサーに襲いかかった。ボクサーは大きな蹄《ひづめ》を突き出し、飛んできた一頭をつかまえて地面に押さえつけた。その犬はあわれな鳴き声をあげ、ほかの二頭は尻尾を巻いて逃げていった。ボクサーは、蹄で押さえている犬を圧《お》し殺そうか、逃がしてやろうかという顔でナポレオンをみた。ナポレオンは顔色が変わったようにみえたが、厳しい声で、逃がしてやれと命令した。ボクサーが蹄を上げると、犬は痛そうに吠《ほ》えながら、すごすごと去っていった。

やがて騒ぎはおさまった。震えている四頭の豚の顔に刻まれたしわの一本一本に後ろめたそうな表情が浮かんでいる。ナポレオンがあらためて四頭に向かって、犯した罪を白状しろといった。引きずってこられたのは、ナポレオンが日曜日の大集会を廃止するといったときに反対した豚たちだ。せっつかれるまでもなく四頭は、スノーボールが追放されてから彼とこっそり連絡を取っていて、風車小屋を壊すのに協力し、動物農場をミスタ・フレデリックに明け渡すつもりで

いたといった。それからもうひとつ、スノーボールが何年もまえからジョーンズのスパイ役をしていたことを自分たちにだけ教えたといった。四頭がいい終わると、犬たちが彼らの喉《のど》を噛み裂《さ》いた。それからナポレオンが恐ろしい声で、ほかに罪を白状する者はいないかときいた。

卵をめぐる反抗の首謀者だった三羽の雌鶏が進み出てた。そして、スノーボールが夢に出てきて、ナポレオンの命令に反抗するようそそのかしたのですといった。三羽も殺された。それからガチョウが一羽進み出て、去年の収穫のときに麦の穂を六本くすねて、夜食べましたといった。それから一頭の羊が、みんなが水を飲む池におしっこをしました——スノーボールにそうするようにいわれたんです——といい、ほかの二頭の羊は、ナポレオンを心から慕っていた年寄りの羊がせきで苦しんでいたとき、たき火のまわりを追いまわして殺しましたといった。告白した者たちは全員、その場で殺された。こんなふうに告白と処刑が繰り返され、ナポレオンのまえには死骸《しがい》の山ができた。あたりは血のにおいで息苦しいほどだ。ジョーンズが追放されて以来、こんなことは初めてだった。

告白と処刑がすべて終わると、残った動物は、豚と犬をのぞいてみんな、いっしょになってこそこそと立ち去った。だれもが心底恐ろしく、生きた心地もしなかった。スノーボールと結託していた仲間の裏切りも衝撃だったが、目の当たりにした残酷な懲罰《ちょうばつ》も衝撃だった。以前も、同じくらい悲惨な流血の場をしょっちゅう目にしてはいたものの、今回は仲間内でそれが行われたのだ。ジョーンズが農場を去って以来、今日まで、仲間が仲間を殺したことは一度もなかった。ネズミさえ一匹も殺されなかったのだ。動物たちは小さな丘の方に歩いていった。建てかけの風車小屋がある。そして全員が暖まろうといわんばかりに体を寄せ合って横になった。クローバー、ミュリエル、ベンジャミン、牛、羊、ガチョウや数羽の雌鶏。そこにいないのは猫だけだった。猫は、ナポレオンが動物たちに集合をかけるまえにいなくなっていたのだ。しばらく、だれもが口を閉ざしていた。立っているのはボクサーだけだ。ボクサーは前後に体を揺すり、黒くて長い尻尾をわき腹に打ちつけながらときどき、信じられないといわんばかりに声にもならない声をあげている。そのうちようやく、口を開いた。

「いったい、どういうことだ。この農場でこんなことが起こるなど、信じられない。これはわれわれにどこか落ち度があったからだ。これを解決するには、おそらく、もっと働く以外にない。これからは、毎朝、一時間早く起きることにする」

そういうとボクサーは大きな足音を立てて駆けていき、石切り場に着くと、二度、石を引きずって風車小屋まで運んだ。それからやっと夜の眠りについた。

動物たちはクローバーのまわりで黙りこくって横になっている。丘からは、まわりに広がる畑や牧場がよくみえた。動物農場のほとんどすべてが見渡せた。細長く道路まで続いている牧草地、干し草畑、林、みんなが水を飲む池、耕した畑には若い麦が青々と元気に育ち、農場の建物の赤い屋根の煙突からは煙がたなびいている。よく晴れた春の夕方だ。あたりの草やいっせいに芽を吹いた生垣《いけがき》が、真横から差す陽光に照らされてまぶしい。この農場が――ある種の驚きとともに、動物たちはこれが自分たちの農場で、すみずみまですべて自分たちのものだということを思い出していたのだが――このときほど素晴らしく思えたことはなかった。丘の斜面を見下ろしていたクローバーの目に涙がこみ上げてきた。もしクローバーがそのときの気持ちを言葉にすることができたら、おそらくこういっただろう。何年かまえにわたしたちが人間を追い出すために行動を起こしたとき思い描いていたのは、こんなものじゃなかった。仲間がこんなに無残に殺されるのをみるなんて。これはあのオールド・メイジャーがみんなに、立ち上がろうと呼びかけたときにわたしたちが夢みたものじゃない。わたしが思い描いた未来は、ひもじい思いをしたり鞭《むち》打たれたりすることのない動物の世界。だれもが平等で、みんなが自分の能力に応じて働く世界。オールド・メイジャーが演説した夜に、どこにいったらいいかわからなかったひなたちをわたしが前脚で守ってあげたみたいに、強い動物が弱い動物を守る世界だった。それな

のに――どうしてこうなったのかはわからないけど――だれひとり考えていることを口にできなくて、獰猛《どうもう》な犬たちがあちこちをうろついて、仲間がとんでもない罪を告白しては噛み裂かれる時代になってしまった。わたしには反抗しようとか歯向かおうという気持ちはない。こんな状況になってしまったけど、ジョーンズのいた頃よりはずっといいことはわかっているし、何より人間がもどってこないようにしなくちゃいけないこともわかっている。何があっても、わたしは忠実に、一生懸命働いて、命令されたことはちゃんとやって、ナポレオンの決めたことには従うつもりよ。でも、それでも、わたしやほかの仲間が夢みて必死に頑張ったのは、こんな世界のためじゃない。こんな世界のために、風車小屋を建てたり、ジョーンズの鉄砲にいどんだわけじゃない。クローバーはそう思っていたのだが、それをみんなに伝える言葉を持っていなかった。

結局、クローバーは言葉をみつけることができず、そのかわりに「イギリスの動物たち」を歌い始めた。まわりにいた動物たちもそれに加わり、三度歌った。美しく、しかし、ゆっくりと、悲しみをこめて、それまでになかった歌い方で歌った。

三回目を歌い終えたとき、キーキーが二頭の犬を引き連れてやってきた。いかにも重要な知らせがあるといわんばかりの態度だ。そして、こう告げた。同志ナポレオンの特別命令だ、「イギリスの動物たち」は廃止された。今後、歌うことを禁止する。

動物たちは言葉を失った。

「なぜ？」ミュリエルが大声でいった。

「もう必要ないからだ」キーキーがそっけなくいった。『イギリスの動物たち』は反逆の歌だ。しかし反乱は終わった。午後に行われた裏切り者たちの処刑で完成したのだ。内なる敵も外なる敵も敗北した。かつて『イギリスの動物たち』で、われわれはやがて訪れる、よりよき社会への憧れを歌った。しかしその社会はいま実現した。いうまでもなく、この歌は用済みになった」

動物たちはおびえていたものの、何人かが抗議の声をあげそうな気配があった。ところがその瞬間、羊たちがいつもの「四本足よし、二本足だめ」をとなえ出し、これが数分間続いて、議論も何もなかった。

こうして「イギリスの動物たち」は歌われなくなり、そのかわりに、詩人のミニマスが別の歌を作った。それはこう始まる。

　動物農場、動物農場、

　ここのみんなは、わたしが守る！

そしてこの歌は日曜日の朝、旗が掲揚されたあと、必ず歌われることになった。しかし動物たちには、歌詞もメロディーも「イギリスの動物たち」にはとてもおよばないものに思えた。

第8章

数日後、処刑によって引き起こされた恐怖が薄れた頃、一部の動物が六番目の規則を思い出した——というか、そんな気がした。それは「動物はほかの動物を殺してはならない」という規則だ。だれもそんなことを、豚や犬のいるところで口にすることはなかったが、あの処刑はこの規則に反しているような気はしていた。クローバーはベンジャミンに六番目の規則を読んでほしいと頼んだが、いつものようにそういうことに首を突っこむのはいやだと断られたので、ミュリエルに頼んでみた。ミュリエルはそれを声に出して読んだ。「動物は、理由なくほかの動物を殺してはならない」。なぜか、「理由なく」という部分が動物たちの頭から抜け落ちていたようだ。しかしいま、動物たちはこの規則が破られていなかったことを確認した。つまり、スノーボールと手を組んだ裏切り者たちを殺すのには十分な理由があったということだ。

その年は、だれもが前の年以上に働いた。壁の厚さを当初の計画の二倍にして目標の日までに建て、それと同時に農場の大変な仕事をしなくてはならなかったからだ。ときには、ジョーンズに使われていたときより仕事が増え、食べ物がへったと思うときさえあった。日曜日の朝には、キーキーが前足で細長い紙を押さえて、みんなに、いろんな食料の収穫量がそれぞれ二百パーセント、三百パーセント、五百パーセント上がったことを証明する数字を発表した。動物たちがキーキーの発表を疑う理由はない。というのも、反乱のまえがどんな状態だったかはっきり覚えている者はひとりもいなかったからだ。しかし、数字がへってもいいからもっと食べ物がほしいと思う日もあった。

すべての命令はキーキーかほかの豚によって伝えられるようになった。ナポレオンは二週間に一度くらいしかみんなのまえに姿をみせなくなり、姿をみせるときは犬のほかに黒い雄鶏を連れてきた。雄鶏はナポレオンのまえを偉そうに歩いて、ナポレオンが話し出すまえに「コッケコーコー」と声を張り上げて動物たちの注目を集める。母屋のなかでもナポレオンはほかの者たちと離れて暮らしているらしい。食事はひとりでとり、給仕役は二頭の犬で、食器は客間のガラスの

戸棚にしまってあったクラウン・ダービー（イギリスの歴史ある陶磁器ブランド）のセットをいつも使う。また、毎年、ナポレオンの誕生日には、ほかのふたつの記念日と同じように鉄砲を撃つことになった。

ナポレオンはいまや「ナポレオン」と呼ばれることはなく、常に「われらが指導者、同志ナポレオン」と呼ばれるようになった。また豚たちは彼のために「全動物の父」「人間たちの恐怖」「羊小屋の守護者」「アヒルの子の友」といった呼び名を考えた。キーキーは演説のなかで、頬《ほお》に涙を流しながらナポレオンの知恵や、やさしさについて語り、すべての動物に対する深い愛は、とくにほかの農場でこき使われている無知で不幸な動物たちに向けられていると強調した。そして成果が上がったり幸運なことがあるたびに、ナポレオンのおかげだというようになった。雌鶏が仲間にこんなふうにいうのをしょっちゅう耳にするようになった。「われらが指導者、同志ナポレオンの導きのもとで、六日に五個も卵を産めるようになったのよ」また、二頭の雌牛が池で水を飲みながらこんな話をする。「同志ナポレオンのおかげで、ここの水が本当においしくなったわね！」農場の動物たちの一般的な気持ちはミニマスが作った「同志ナポレオン」という詩によく表れている。

父なき者の友！
幸せの泉！
食料庫の神！　ああ、わたしの魂が熱く燃えるのは
あなたをみるとき
あなたの目は冷静で頼もしく
空の太陽のようです
同志ナポレオン！

あなたが下さるのは
あなたのお造りになった者たちが欲するものすべて
一日に二度の満腹、寝転がる気持ちのいいワラ
大きな者も小さな者も
寝床で安らかに眠る
あなたはみんなを見守ってくださる
同志ナポレオン！

わたしに豚の乳飲み子がいたら
半リットル瓶か麺棒くらい
大きくなるまえに
教えこむのは
あなたへの心からの忠誠
そう、その子の最初の声は
「同志ナポレオン！」

ナポレオンはこの詩を気に入って、大きな納屋《なや》の七つの規則が書かれている壁の反対側に書かせた。その上にはキーキーが白のペンキでナポレオンの肖像を描いた。

一方、ウィンパーの仲介で、ナポレオンはフレデリックやピルキントンとこみ入った商談を進めていた。材木の山はまだ売れていなかった。ふたりのうち、フレデリックの方が材木を買いたがっていたのだが、値段が折り合わないままだったのだ。また同時に、フレデリックは使用人といっしょに動物農場を襲って風車小屋を壊す計画を立てているという新たなうわさが流れていた。フレデリックは風車小屋がうらやましくてしょうがないというのだ。スノーボールはいまでもピンチフィールド農場に隠れていると思われていた。夏の暑い盛りに、動物たちは三羽の雌鶏の告白をきいて警戒を強めていた。三羽はスノーボールにそそのかされて、ナポレオン暗殺の計画に加わったと告白したのだ。雌鶏たちは即座に処刑され、ナポレオンの身の安全をはかるための新たな措置がとられた。四頭の犬が夜番について、ベッドの四すみを警護し、ピンクアイという若い豚がナポレオンに出される料理の毒味役を務めることになったのだ。

ほぼ同じ頃、ナポレオンは材木の山をミスタ・ピルキントンに売る手続きをすると同時に、定期的に動物農場とフォックスウッド農場の間でいくつかの作物を交換する取り決めを交わした。ナポレオンとピルキントンの関係は、ウィンパーの仲介を通じてではあったが、かなり友好的なものになった。動物たちはピルキントンを信用していなかった。なにしろ人間なのだ。しかし自分たちにとって恐怖と憎悪の的であるフレデリックよりはずっとましだと思っていた。夏も盛りを

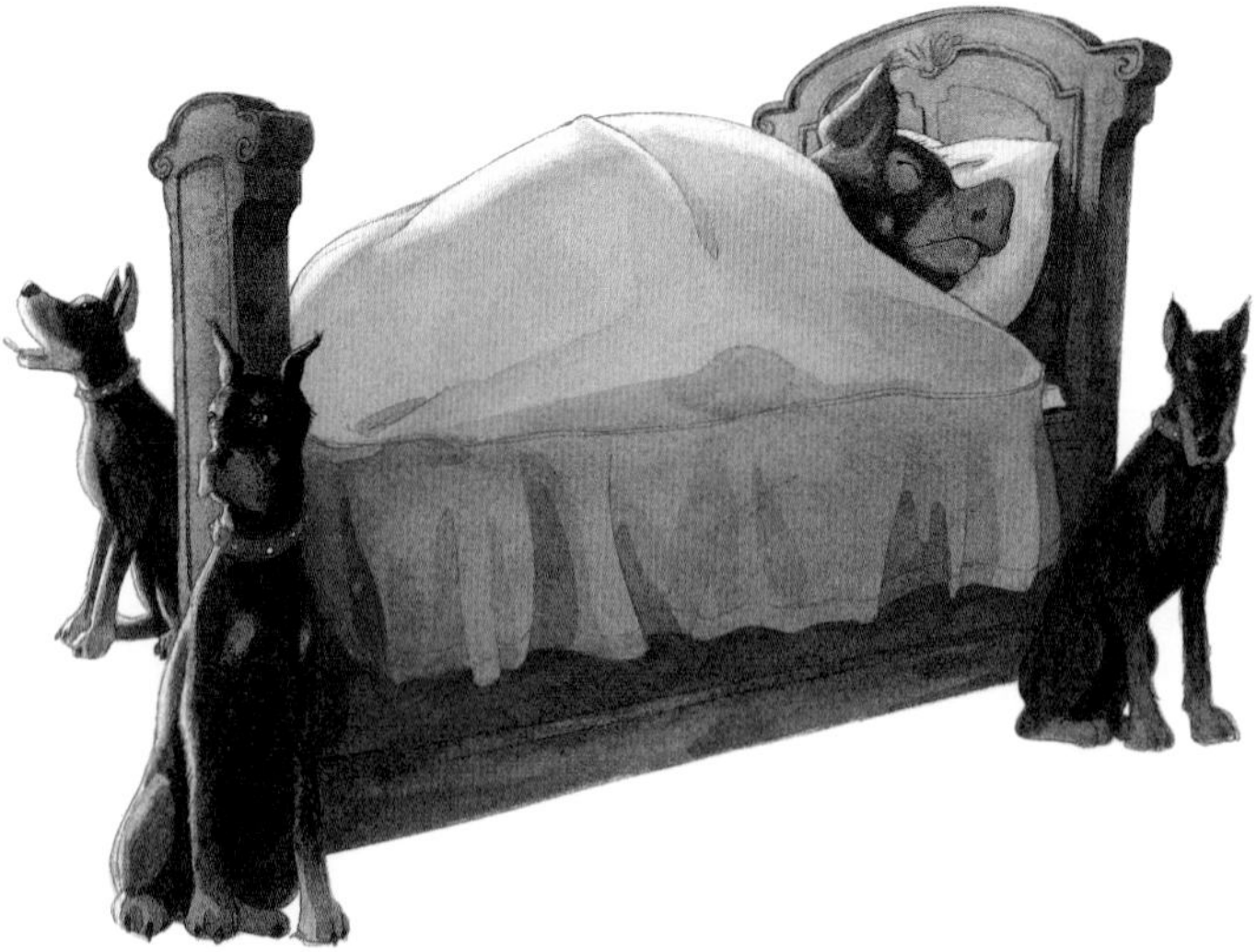

過ぎ、風車小屋の完成も間近になった頃、裏切り者の襲撃が差し迫っているといううわさがいよいよ頻繁に耳に入るようになった。フレデリックは鉄砲を持った男を二十人送りこむつもりで、すでに判事や警官にわいろを渡し、動物農場の権利証書を手に入れたら、自分のものにして、どこからも文句をいわれないようにしてあるということだ。そのうえピンチフィールド農場でフレデリックの行っている残酷な行為の話が伝わってきた。老いた馬を鞭《むち》で打ち殺した、飼っている雌牛を飢え死にさせた、犬を暖炉に放りこんで殺した、夜になると雄鶏の蹴爪《けづめ》に剃刀《かみそり》の刃をくくりつけて戦わせて楽しんでいる、というのだ。動物たちは、仲間がそんな目にあっているかと思うと怒りで血が煮えくり返った。そしてときどき、みんなでいっしょにピンチフィールド農場に攻め入って、人間を追い出し、仲間を自由にしてやろうと叫ぶこともあった。しかしキーキーはみんなに、感情にまかせて浅はかな行動に走るんじゃない、同志ナポレオンには作戦があるのだから、彼を信頼してまかせようといった。

それにもかかわらず、フレデリックへの反感はどこまでもつのっていった。ある日曜日の朝、ナポレオンが納屋にやってきて、フレデリックに材木の山を売るなどとは考えたこともないといった。あんな悪党と取引をしたら、それこそ自分の名に傷がつく。相変わらず動物たちに「反乱」を呼びかけて飛んでいたハトたちはフォックスウッド農場にはいかないよう、そして「人間に死を」というスローガンを「フレデリックに死を」に変えるよう命令された。夏も終わりの頃、もうひとつスノーボールの陰謀《いんぼう》が明らかになった。刈《か》り入れた麦に雑草がたくさん混じっていたのだが、それはスノーボールが夜にやってきて麦の種に雑草の種を混ぜていたせいだったのだ。その陰謀にかかわっていたガチョウがそれをキーキーに告白し、すぐに猛毒のベラドンナの実をのみこんで死んだ。いまではもう、動物たちはみんな、スノーボールが「第一等動物英雄勲章」をもらったことなどないと——多くはそれまでそう信じていたにもかかわらず——思うようになっていた。そんな話は「牛小屋の戦い」のあと、スノーボールがでっち上げた伝説にすぎない。スノーボールは勲章をもらうどころか、戦いで卑怯《ひきょう》な真似をして非難されたはずだ。このときもまた、数名が首をかしげたのだが、キーキーがすぐに彼らをいいくるめて、それは思い違いだと納得させた。

秋になり、とんでもなく大変な努力のすえ——というのも収穫期とほぼ重なったので——風車小屋が完成した。機械はまだすえつけられていなかったが、ウィンパーが購入の交渉中で、建物はでき上がった。様々の困難に直面し、経験もなく、原始的な道具だけで、悪運に見舞われ、スノーボールの裏切りもあったが、遅れることなく、予定の日に仕上がったのだ。疲れ切っていたが誇らしく、動物たちは素晴らしい建物のまわりを歩いた。みんなの目に映る風車小屋は最初のものよりずっと美しくみえた。そのうえ、壁は二倍の厚さがある。今度は爆弾でもしかけない限り、壊れそうにない！　動物たちは自分たちがどれだけ働いたか、どんな困難を乗り越えてきたか、そして羽根がまわって発電機が動き出したら自分たちの生活がどれほど変わるかを考えると、疲れは吹き飛び、風車小屋のまわりを飛び跳ねながら、歓声をあげた。ナポレオンも犬と雄鶏を引き連れて姿を現し、完成した風車小屋をながめると、動物たちに向かって、その功績をたたえ、これを「ナポレオン風車小屋」と名づけると宣言した。

二日後、動物たちは特別集会があるといって納屋に集められた。そして耳を疑った。なんとナポレオンが、材木の山をフレデリックに売ったと告げたのだ。次の日、フレデリックの荷馬車がやってきて材木を積んでいくという。ナポレオンは長い間ピルキントンと親しくつき合うふりをする一方で、実際はひそかにフレデリックと取引をしていたのだ。

フォックスウッド農場との関係は完全に途絶え、ピルキントンには侮辱的な言葉が送りつけられた。ハトたちはピンチフィールド農場にはいかないよう、そして「フレデリックに死を」というスローガンを「ピルキントンに死を」に変えるように命令された。それと同時に、ナポレオンは動物たちにこういった。敵の攻撃が差し迫っているというのは根も葉もないうわさに過ぎず、フレデリックが農場の動物に残酷なことをしているといううわさも、はなはだしく誇張されている。こういったうわさはすべて、スノーボールとその一味が広めたのだろう。最近わかったのだが、スノーボールがピンチフィールド農場にひそんでいたという事実はなく、実際、一度も足を踏み入れたことがないようだ。スノーボールはフォックスウッド農場で――ずいぶんぜいたくに

――暮らしているし、もう何年もピルキントンのところで世話になってきたらしい。

豚たちはナポレオンの駆け引きのうまさを知って有頂天になった。ピルキントンと親しいふりをして、フレデリックに値段を十二ポンド上げさせたのだ。だが、ナポレオンの卓抜した知力の高さは――キーキーがいうには――彼がだれも信用しない、フレデリックさえ信用しないところにある。フレデリックは最初、材木の代金を小切手で支払いたいといった。小切手というのは支払う金額が書かれた紙切れなのだが、ナポレオンはその手には乗らなかった。五ポンド紙幣《しへい》で支払ってほしい、それも、材木を運ぶまえに、といったのだ。こうしてフレデリックはすでにその支払いをすませ、それは風車小屋に必要な機械を買うことができる金額だった。

そうこうする間にも材木はさっさと運ばれていった。材木がなくなると、また特別集会が納屋で行われて、動物たちはフレデリックが置いていった紙幣をみた。ナポレオンが勲章をふたつつけて、うれしくてたまらないといった笑顔で演壇《えんだん》のワラのベッドでくつろいでいる。すぐそばに紙幣が、母屋のキッチンから持ってきた磁器の皿にきれいに積み上げてある。動物たちは一列になってゆっくりとそのまえを歩いて、じっくりみた。ボクサーが紙幣のにおいをかぐと、その息で薄くて白い紙が揺れてかすかな音を立てた。

三日後、農場は大騒ぎになった。ウィンパーが死人のようなまっ青な顔で自転車を飛ばして小道をやってくると、自転車を庭に倒したまま、母屋に駆けこんだ。次の瞬間、ナポレオンのいる

部屋からいまいましそうな怒りのうなり声があがった。その知らせは農場中に野火のよう広がった。紙幣は偽札《にせさつ》だった！　フレデリックはただで材木の山を持っていったのだ。

ナポレオンはすぐに動物たちを全員呼び出すと、恐ろしい声で、フレデリックを死刑にすると宣言した。つかまえたら、鍋で煮殺してやる。それから、このような裏切り行為が行われたからには、最悪の事態を覚悟しなくてはならないと警告し、フレデリックは前々から農場の攻撃をたくらんでいたはずだ、すぐにでもやってくるだろうといった。こうして農場に通じる道すべてに見張りが置かれた。そして四羽のハトに和解を申しこむメッセージを持たせてフォックスウッド農場に送り、ピルキントンとの関係を修復しようとした。

翌日、攻撃が始まった。動物たちが朝食をとっている最中に見張りが駆けこんできて、すでにフレデリックと手下が横木を五本わたした木戸までやってきたと告げた。動物たちは果敢に、敵を迎え撃とうと飛び出したが、「牛小屋の戦い」のときのようにはうまくいかなかった。相手は十五人で、五、六丁の鉄砲を持ち、四、五十メートル先までくると早速、撃ってきた。すさまじい銃声と肌にめりこむ散弾には太刀打ちできず、ナポレオンやボクサーが戦列を整えようとした

が、すぐに後退せざるをえなくなった。多くの者はすでに負傷し、農場の建物に逃げこんで、こわごわ壁板のすき間や節穴から外をのぞいている。風車小屋のある広い牧草地はほぼ敵の手に落ちた。ナポレオンさえ一瞬、途方に暮れたようだ。何もいわずに、尻尾を立てて小刻みに震わせながらうろうろ歩いている。そして待ち望むような顔で何度かフォックスウッド農場の方に目をやった。ピルキントンが手下を連れて援護に駆けつけてくれれば、勝つ見込みはある。ところがそのとき、前日使いにやられた四羽のハトがもどってきて、そのうちの一羽がピルキントンから預かった紙切れを持っていた。それには鉛筆でこう書かれていた。「思い知ったか！」

そのうちフレデリックと手下たちは風車小屋のそばで立ち止まった。それをみていた動物の間に絶望のつぶやきが広がった。人間がふたり、金《かな》てこと大きなハンマーを出した。風車小屋を壊すつもりだ。

「できるものか！」ナポレオンが大声でいった。「壁は思い切り厚く作ってある。一週間かかっても壊せるはずがない。同志諸君、勇気を出せ！」

ところがベンジャミンは人間たちをじっとみ

ていた。ふたりがハンマーと金てこを使って、風車小屋の土台のあたりに穴を開けている。ベンジャミンはゆっくりと、まるでおもしろがっているかのように、長い顔を揺らすようにしてうなずいた。

「思ったとおりだ。人間たちが何をやっているのかわからないのか。すぐ、あの穴に爆薬を詰めるつもりだぞ」

動物たちはすくみ上がって待った。いま、隠れている建物から出ていくことなどできるはずがない。数分後、人間たちが四方に散っていくのがみえた。そのあと、耳をつんざくような音が響いた。ハトたちは舞い上がり、動物たちは、ナポレオンをのぞいてみんな腹ばいになって頭を抱えた。それから立ち上がってみると、風車小屋のあったところに大きな黒い煙の雲がたれこめている。そよ風がゆっくりと煙を運び去ると、風車小屋は跡形もなかった！

これをみて動物たちは勇気を取りもどした。ついさっ

きまで感じていた恐怖と絶望は、この悪意のこもった卑劣《ひれつ》な行為に対する怒りにのみこまれてしまった。復讐の力強い叫びがわき上がり、命令など待つまでもなく、一丸となって飛び出し、敵に向かって突進した。今回は、雹《ひょう》のように飛んでくる残酷な散弾にひるむこともなかった。熾烈《しれつ》な戦いが始まった。人間たちは何度も繰り返し発砲し、動物たちが近くまで迫ってくると棍棒《こんぼう》でなぐったり、ごついブーツで蹴飛ばしたりした。雌牛が一頭、羊が三頭、ガチョウが二羽死に、ほとんど全員が傷を負った。後方で指揮をとっていたナポレオンさえ、弾丸で尻尾の先を飛ばされた。しかし人間の方も被害がないわけではなかった。三人はボクサーの蹄《ひづめ》で頭を割られ、もうひとりは雌牛の角で腹を突《つ》かれ、もうひとりはジェシーとブルーベルにズボンをずたずたにされた。そしてナポレオンから、生垣《いけがき》に隠れて回りこむよう指示を受けていた護衛の九頭の犬がいきなり人間たちを側面から襲い、すさまじい吠《ほ》え声をあげた。人間たちはパニックになった。このままだと取り囲まれて危険だと気づいたのだ。フレデリックは手下に、逃げ道をふさがれるまえに退散するぞと叫んだ。敵は震えながら、命からがら逃げていった。動物たちは畑の端《はし》まで追いかけていき、イバラの生垣を必死にすり抜けて逃げる敵を最後に何度か蹴飛ばした。

動物たちは敵を撃退したものの、疲れ切って、血まみれで、足を引きずりながらゆっくり農場までもどっていった。死んだ仲間が草の上に倒れているのをみて涙を流す者もいる。風車小屋のあったところでは、しばらく何もいわず悲しそうな顔で立ち止まった。風車小屋はなくなってしまった。

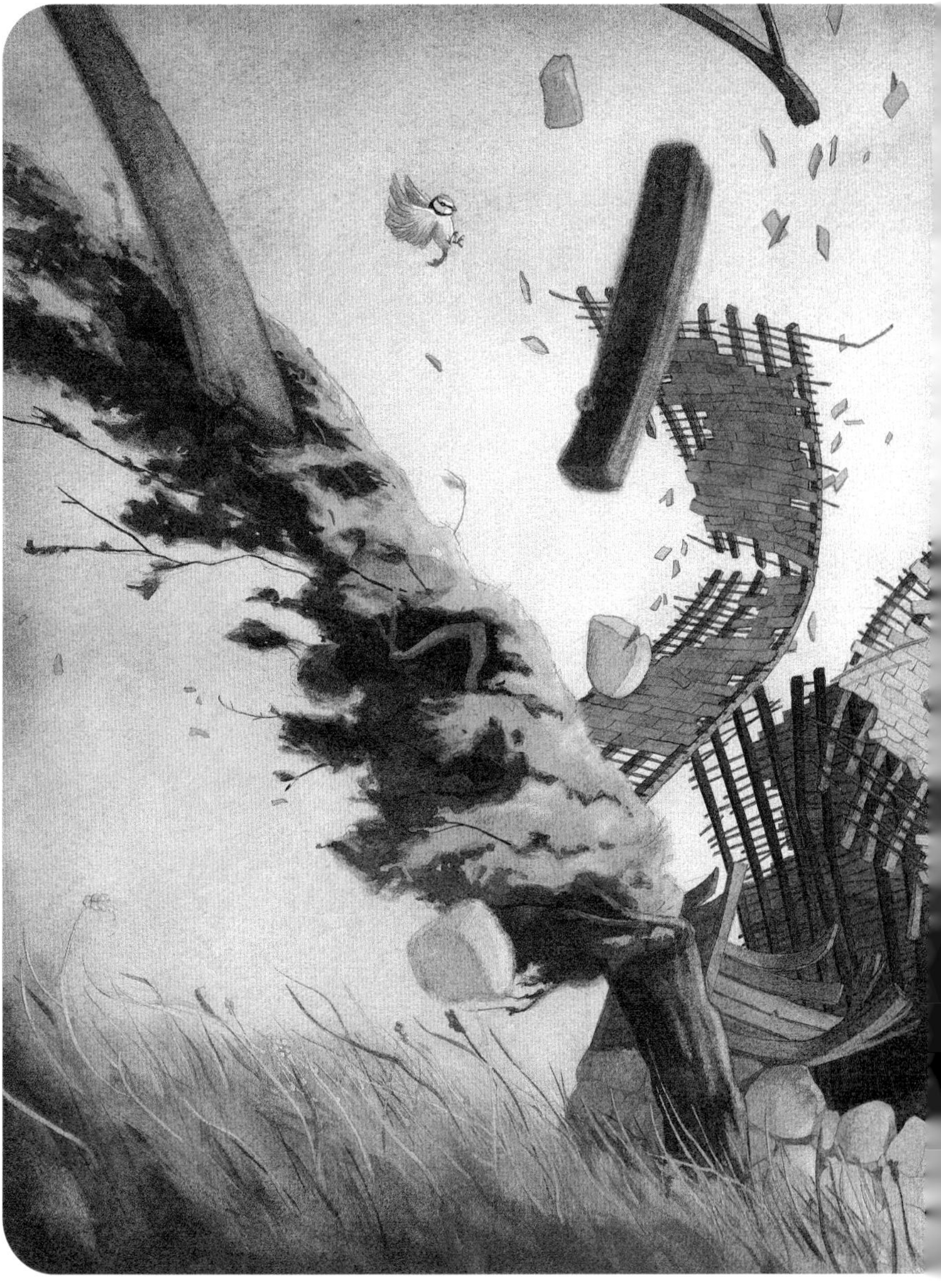

気の遠くなるような労働の成果がほとんど跡形もなく消えてしまったのだ！　土台の部分も何ヵ所かなくなっている。前回建て直すときにはまわりに散らばっていた石が使えたが、今回はそれもできない。爆発で何百メートルも遠くに吹き飛ばされてしまった。風車小屋などなかったかのようだ。

動物たちが農場にもどってくると、なぜか戦いのときにはいなかったキーキーが小走りでやってきた。尻尾を振って、満足そうな顔をしている。動物たちは農場の建物の方から、低い銃声が響いてくるのに気がついた。

「なんで鉄砲を撃っている」ボクサーがきいた。

「勝利を祝っているんだ！」キーキーが答えた。

「なんの勝利だ」ボクサーがきいた。膝から血を流し、蹄鉄《ていてつ》をひとつなくし、蹄がひとつ割れているう

えに、後ろ脚には散弾が十発ほどめりこんでいる。

「なんの勝利かって？　われわれは敵をここ――この動物農場の神聖な地――から撃退したじゃないか」

「だが、風車小屋は吹き飛ばされた。われわれは二年もかけて、あれを作ったんだぞ！」

「それがどうした。また作ればいい。作りたければ、六個くらい作ってもいい。ボクサー、きみはわれわれのなしとげた偉業がわかっていない。敵は、われわれが立っているこの地を占領していたのだ。そしていま――同志ナポレオンの卓抜な指揮のおかげで――すべて取りもどした！」

「以前持っていたものを取りもどしただけだ」ボクサーがいった。

「それこそ、われわれの勝利だ」キーキーがいった。

動物たちは足を引きずりながら庭までやってきた。ボクサーは脚にめりこんだ散弾が痛くてしょうがなかった。目のまえには、風車小屋を土台から作り直すという過酷な労働がみえていて、心のなかにはすでにそのための準備をしている自分がいた。しかし初めて、自分はもう十一歳で、もしかしたらこの筋肉も以前ほどたくましくはないという思いが頭をかすめた。

しかし風にひるがえる緑の旗を目にし、ふたたびあの銃声を――合計で七発――耳にし、ナポ

レオンに演説で今回の戦いでの活躍を賞賛されると、大きな勝利を手にしたのだという気がしてきた。戦いで命を落とした動物のためにおごそかな葬儀が行われた。ボクサーとクローバーがひつぎがわりの荷車を引き、ナポレオンが行列の先頭を歩いた。丸二日、みんなで勝利を祝った。歌、演説、銃声。すべての動物にリンゴがひとつずつ配られた。鳥には麦を五、六十グラム、犬にはビスケットを三枚。この戦いは「風車小屋の戦い」と呼ばれることになり、ナポレオンは「緑の旗勲章」を新たに作って、自分に授けた。このお祭り騒ぎのなかで、不幸な偽札事件はすっかり忘れられた。

それから数日後、豚たちが母屋の地下室でウィスキーの入った箱をみつけた。最初にここを占拠したときに見落としていたのだ。その晩、母屋から大きな歌声がきこえてきて、動物たちはびっくりした。というのも、その歌には「イギリスの動物たち」の歌詞が所々に混じっていたからだ。九時半頃、多くの動物がみているなか、ナポレオンがミスタ・ジョーンズの古い山高帽をかぶって裏口から出ると、庭を駆けまわり、また家のなかにもどっていった。ところが次の日の朝、母屋は静まりかえっていた。豚が身動きする音さえきこえない。九時頃、キーキーがまっ青な顔でゆっくり歩いて出てきた。目はしょんぼりして、尻尾は力なくたれ、重い病気にかかったかのように元気がない。動物たちを呼び集めると、重大な知らせがあるといった。同志ナポレオンが死にかけている、というのだ。

嘆く声があがった。母屋の玄関先にはワラが敷かれて、動物たちはそっと歩いた。みんな目に涙をため、おたがいに、われらが指導者がいなくなったらどうしようといい合っている。スノーボールがナポレオンの食べ物に毒を入れたといううわさが流れた。十一時、キーキーが次の知らせを持って出てきた。同志ナポレオンは、重々しい声でこの世での最後の言葉を残すとおっしゃった。それは「酒を飲んだ者は死刑に処す」という言葉だった。

ところがその日の夜、ナポレオンは多少具合がよくなったらしく、次の日の朝には、キーキーが、もうすぐ快復の見込みだと知らせた。そして夕方には仕事にもどり、次の日には、ウィンパーに、ウィリンドンで酒の醸造《じょうぞう》と蒸留についてのわかりやすい本を買ってくるようにいいつけたことがわかった。一週間後、ナポレオンは果樹園のむこうにある小さな放牧場を――以前、働けなくなった動物たちが自由に暮らせる場所にすると決めた場所を――耕すように命令した。その土

地はやせてしまったので、ちゃんと耕してから牧草の種をまく必要があるということだった。ところがそのうち、ナポレオンはそこに大麦を植えるつもりだということがわかった。

その頃、わけのわからない事件が起こった。夜中の十二時頃、庭で何かがぶつかる大きな音がして、動物たちが小屋から飛び出した。すると、月の明るい晩で、大きな納屋の、七つの規則が書かれている壁の端の方に、はしごがふたつに折れて転がっているのがみえた。その横でキーキーが気を失ってうつぶせに倒れ、すぐそばにランタンと刷毛《はけ》と、ひっくり返った白のペンキの缶が転がっていた。犬たちがすぐにキーキーを取り囲んで、歩けるようになるとすぐに母屋まで送っていった。動物たちはだれひとり、これがどういうことなのかわからなかったのだが、ベンジャミンだけは、なるほどという顔でうなずいていた。しかし、何もいわなかった。

数日後、ミュリエルは七つの規則をじっくり読みながら、またもや自分たちが覚え違いをしていたことに気がついた。五番目の規則は「動物は酒を飲んではならない」だと思っていたのだが、正しくは、「動物は酒を飲み過ぎてはならない」だったのだ。

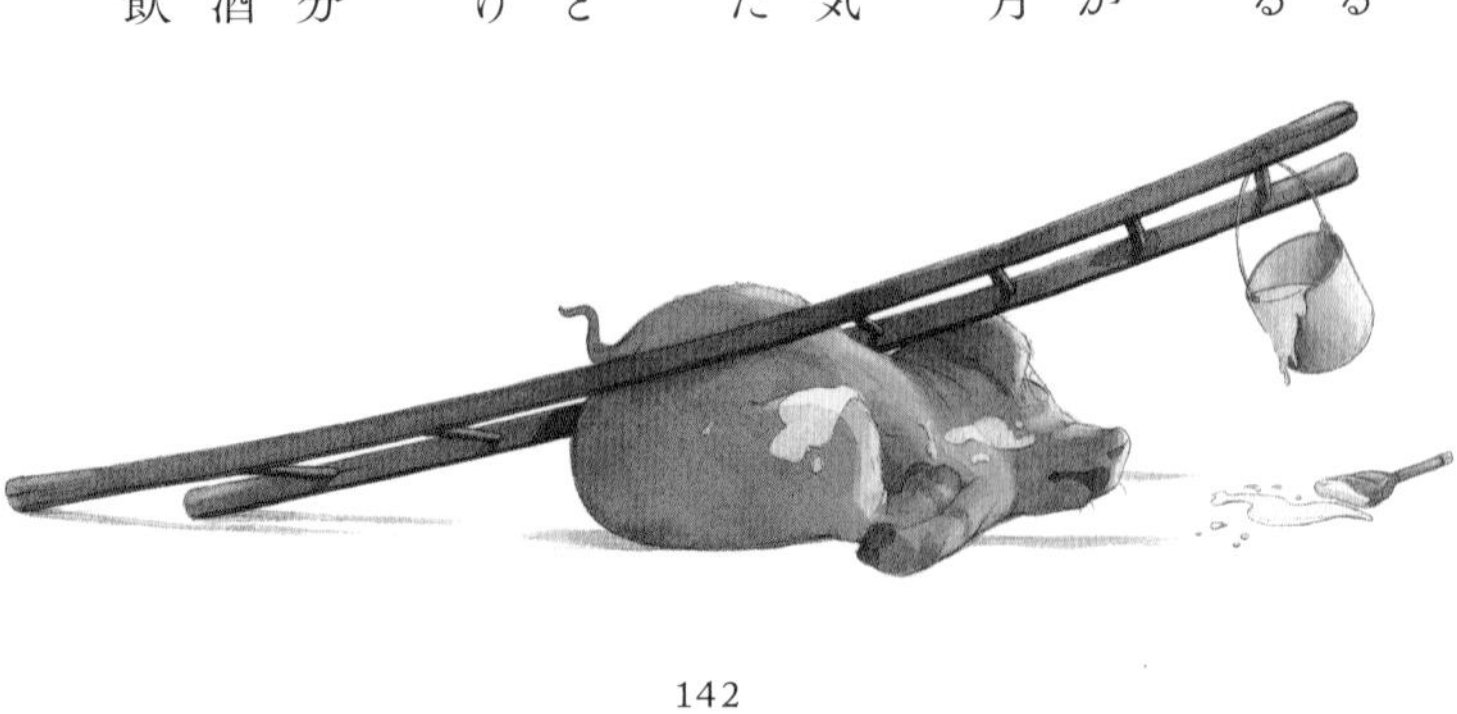

第9章

ボクサーの割れた蹄《ひづめ》は治るまでにずいぶん時間がかかった。動物たちは祝勝会が終わった次の日には、風車小屋の建て直しに取りかかっていた。ボクサーは一日たりとも仕事を休まないといい、痛がっている様子は決してみせなかった。だが夜になると、クローバーにこっそりと、蹄が痛くてしょうがないとこぼした。クローバーは薬草を噛《か》んで蹄にはってやり、ベンジャミンといっしょになって、ボクサーにもう少し仕事をへらすように勧め、「馬の肺だって、だめになるときにはだめになるんだよ」といった。ところがボクサーは耳を貸さず、こういった。たったひとつ現実的な夢があるとしたら、それは、引退する前に、完成間近の風車小屋をみることだ。

最初、動物農場で決まった定年は、馬と豚が十二歳、雌牛は十四歳、犬は九歳、羊は七歳、雌鶏とガチョウは五歳で、引退後はぜいたくな暮らしができることになっていた。実際にその年齢に達した動物はいなかったが、最近、そのことがよく話題に上がっていた。果樹園のむこうにある小さな放牧場が大麦の栽培に使われることになったということは、広い牧草地の一部を仕切って、引退したあとの動物の暮らす場所に当てられるのだろうといううわさが広がった。馬の場合は、一日に麦を二キロ半、冬には干し草を七キロ、そのほか、休日にはニンジンを一本か、ときにはリンゴを一個もらえることになっている。ボクサーの十二歳の誕生日は来年の夏の終わりだ。

しばらく、生活は大変だった。冬はまえの年の冬と同じくらい寒く、食料はまえの冬より少なかった。ふたたび配給がへらされたが、犬と豚は例外だった。配給を全員平等にするのは、動物主義の理念にそぐわないというのがキーキーの説明だ。ともかくキーキーはほかの動物に対して、表面的にはどうみえようが、実際に食料は十分足りているということを楽々と証明してのけた。たしかにしばらくの間、配給の再調整をしなくてはならないことがわかったのだが（キーキーは常に「再調整」といって、決して「再減量」とはいわない）、ジョーンズに使われていた頃にくらべると、状況ははるかに改善されているというのだ。キーキーは甲高《かんだか》い声で早口にその数字を細かく読み上げてこう続けた。カラス麦も、干し草も、カブもすべて、ジョーンズの時代

より多く配給されているうえに、労働時間は短く、飲み水の質もよくなり、寿命はのび、幼い頃に死ぬ動物の数も激減し、昔とくらべて小屋にはワラが増え、ノミの数はへっている。動物たちはキーキーの言葉をすべて信じた。じつをいうと、ジョーンズや、ジョーンズのしていたことはすべて記憶から抜け落ちてしまっていたのだ。動物たちにわかっているのは、現在の生活は厳しく、かつかつで、しょっちゅうひもじく、しょっちゅう寒く、眠っているとき以外はずっと働いているということだけだ。しかし昔の方がずっとひどかった。動物たちは喜んでそう信じた。それだけでなく、昔、自分たちは奴隷《どれい》だったが、いまは自由だ、何よりそこが違う、キーキーは必ずそれを指摘した。

現在、養う子どもがかなり増えていた。秋には四頭の雌豚がほぼ同時に子どもを産み、合計三十一匹の子豚がいる。すべて白黒まだらで、農場の雄豚はナポレオンだけだったので父親がだれかは考えるまでもない。そのあと、レンガと木材を買い入れて、母屋の前庭に教室を作ることが決められた。

ABC
1+1

それまでの間、子豚たちは母屋のキッチンでナポレオンから勉強を教わることになった。子豚たちは庭で運動をして、ほかの動物の子どもとは遊ばないようにしつけられた。この頃、またひとつ決まりができた。豚と道ですれ違うとき、ほかの動物は道をゆずらなくてはならないというものだ。それから、豚は全員、身分の上下にかかわらず、日曜日には尻尾に緑のリボンをつけるという特権を許された。

この年、農場の経営はかなりうまくいったが、問題は資金だった。教室を作るにはレンガと砂と石灰を買わなくてはならないし、風車小屋の機械を買い直すための貯金もしなくてはならない。そのほか、母屋で使う灯油やロウソク、ナポレオンの食事のための砂糖（ナポレオンはほかの豚には、太るからという理由で禁止していた）、そのほか、道具、釘《くぎ》、紐《ひも》、石炭、針金、くず鉄、犬のビスケットなども必要だ。干し草をひと山と、ジャガイモの収穫の一部が売られ、週に売る卵の数が六百になったため、雌鶏たちは卵を産むニワトリの数をそろえるのに必要なだけのひなをかえすのが精いっぱいだ。十二月にへらされた配給が、二月、さらにへらされ、灯油を節約するために小屋のランタンの使用が禁止された。しかし豚たちは快適に暮らしているようで、何より体重が増えた。二月下旬のある日の午後、動物たちがかいだこともない濃厚でおいしそうなにおいが小さな醸造《じょうぞう》小屋から庭まで漂ってきた。醸造小屋はジョーンズのいたときには使われていなかったもので、キッチンのむこうにあった。あれは大麦をゆでるにおいだと、だれかがいった。腹をすかせた動物たちはそのにおいをかいで、温かい大麦の料理が夕食に出るのだろうと期待した。しかし温かい大麦料理は出なかった。そして次の日曜日、これから、大麦は豚しか食べてはならないと告げられた。果樹園のむこうの畑にはもう大麦が植えられている。そしてすぐに新しい知らせが広まった。豚たちは毎日ビールを半リットル飲んでいて、ナポレオンは二リットル、それもクラウン・ダービーのスープ皿に入れて飲んでいるというのだ。

生活は苦しいものの、いまの暮らしは昔とくらべて格段に向上したと思えば、いくらか気がまぎれた。以前よりも歌が増え、演説が増え、行進が増えた。ナポレオンが、週に一度、定期的に、動物農場の闘争と勝利を祝うパレードをするようにと命令したのだ。そして決まった時間に、動物たちは仕事の手を休め、隊列を組んで農場の近くを行進するようになった。先頭は豚で、そのあとは馬、牛、羊、それからニワトリやガチョウという順番だ。犬は隊列の両側について、先頭はナポレオンの黒い雄鶏。ボクサーとクローバーはいつもふたりで緑の横長の旗をかかげて行進した。その旗には蹄と角の絵が描かれていて、「同志ナポレオンよ、永遠に！」と書かれている。そのあと、ナポレオンをたたえる詩が朗読され、キーキーがとくに最近、食料の収穫が増えていることを報告し、その合間合間に鉄砲の音が響く。羊たちはこの定期パレードがとても気に入って、だれかが不満そうに（たまに、豚や犬がそばにいないときに、不平をこぼす動物がいて）、こんなのは時間のむだだ、寒いなかで長いこと立ってなんになる、などというと決まって、大声で「四本足よし、二本足だめ！」の大合唱を始めて相手を黙らせるのだった。しかし動物たちもそのうちにこれを楽しむようになった。それは、いくら不平があっても実際、自分たちが自分たちの主人で、自分たちのしていることは自分たちのためなのだと思うと、うれしくなるからだ。そんなわけで、歌、行進、キーキーの数字の読み上げ、祝砲がわりの銃声、雄鶏の鳴き声、たなびく旗などをみたりきいたりすると、しばらくは空腹を忘れることができた。

四月、動物農場は共和国

を宣言し、大統領を選出することになった。立候補したのはナポレオンひとりで、全員一致で大統領に選ばれた。その日、スノーボールがジョーンズと共謀《きょうぼう》していたことを証拠づける新たな文書が発見されたという知らせがあった。それによると、みんなの想像とは違って、スノーボールは「牛小屋の戦い」のとき、負けるように画策しただけでなく、ジョーンズ側《がわ》に立って戦ったというのだ。実際に人間側の指揮をしていたのはスノーボールで、「人間よ、永遠に!!」を合言葉に戦いに飛びこんでいったのもスノーボールだったのだ。そして背中に受けた傷は――まだ数匹の動物は覚えていたのだが――ナポレオンの噛み傷だった。

真夏のある日、何年もまえに姿を消したカラスのモーゼズがひょっこり農場に現れた。以前とまったく同じで、仕事はせず、相変わらず同じ調子で「砂糖菓子の山」の話をした。木の切り株にとまって、黒い翼を羽ばたかせ、きいてくれる相手がいるとなん時間でも話し続けた。「みんな、あそこの」モーゼズは大きなくちばしを空の方に向けて、もったいぶって語った。「あそこの、あの黒い雲のむこう

には、『砂糖菓子の山』という国があってな、そこにいけば、われわれあわれな動物はもう働かなくてよくなり、のんびり休むことができるのだ！」そしてまた、どこまでも高く飛んだときに一度みたのだが、そこではクローバーの畑がどこまでも広がり、生垣《いけがき》にはアマニかすの実や砂糖の実がなっているのだという。多くの動物がモーゼズの話を信じていた。自分たちはいま腹をすかせてつらい労働に耐えている、どこかに素晴らしい世界があるというのはじつにもっともなことだと考えたからだ。豚たちのモーゼズに対する態度は微妙だった。というのも、豚たちはモーゼズの話をばかにしていたくせに、農場にいることを許し、働けともいわず、一日にコップ半分ほどのビールを飲ませてやっていたのだから。

ボクサーは蹄の傷が治ってからは、それまで以上に働いた。その年は、すべての動物が奴隷のように働いた。毎日の農場での仕事のほかに、風車小屋の建て直しもあれば、三月には幼い豚のための教室の建設も始まった。わずかな食料で長時間働くと、ときに倒れそうになることもあったが、ボクサーは屈することがなかった。いうことも、することも、それまでの力が衰えたことをうかがわせるところはまったくない。ただ、見た目が少し変わった。毛並みのつやがなくなり、どっしりした尻が縮んだようにみえた。ほかの動物たちは「春になって草が生えれば、元どおりになるさ」といったが、春がきてもボクサーはやせたままだった。ときどき石切り場の上まで続く坂をのぼっていく途中、大きな岩の重みに耐えようと全身の筋肉に力をこめるときなど、気力だけで立っているようにみえた。そんなとき、唇《くちびる》は「もっと働く」と動いたが、声は出なかった。クローバーとベンジャミンは何度も、体に気をつけるよう注意したが、ボクサーはまったく耳を貸さない。十二歳の誕生日は、もうそこだ。自分が引退する前に、石をたくさん積み上げることができればそれでいいといわんばかりだ。

ある夏の日の夜、農場を突然のうわさが駆けめぐった。ボクサーに何か起こったというのだ。ボクサーはひとりで風車小屋を建てる場所まで石を運びに出かけていたのだが、うわさは本当だった。数分後、二羽のハトが知らせを持って飛んできた。「ボクサーが倒れた！　横になったまま、起き上がれない！」

農場の動物の半数ほどが、風車小屋を建設中の丘のふもとに走っていった。ボクサーは荷車の左右の柄《え》の間に倒れて、首をのばし、頭を上げることもできない。目はぼんやりして、わき腹は汗にまみれ、口から血が流れている。クローバーがそばに膝をついた。

「ボクサー！」クローバーが大声でいった。「どうしたの」

「肺をやられたらしい」ボクサーは弱々しい声で答えた。「だが、そんなことはどうでもいい。このまま死んでも、あとはみんなで風車小屋を建てられるだろう。石は十分運んでおいた。どのみち、働くとしてもあと一ヵ月だ。じつをいうと、引退するのが楽しみでしかたなかったんだ。それに、おそらく、ベンジャミンも年だから、いっしょに引退させてやってほしい、そうすれば話し相手ができる」

「すぐに助けを呼ばなくちゃ」クローバーがいった。「だれか走っていって、キーキーにこのことを伝えて」

ほかの動物が全員、キーキーにこのことを知らせに母屋まで駆けていった。その場に残ったのはクローバーとベンジャミンだけで、ベンジャミンはそばに横になって、何もいわず、長い尻尾でボクサーにたかるハエを追い払っている。十五分ほどして、キーキーがやってきた。悲しそうな、心配そうな顔をしている。キーキーがいうには、同志ナポレオンは、この農場で最も忠誠心のあつい仲間がこのような不幸に見舞われたことを心から残念に思っていて、ボクサーをウィリンドンの病院に送って手当てをしてもらうよう手配した、とのことだった。動物たちはそれをきいて、ちょっと不安になった。モリーとスノーボール以外の動物は農場を離れたことがなく、病気の仲間を人間の手にゆだねるのはいやだったのだ。しかしキーキーが、ウィリンドンの動物病院の方が農場よりも満足な手当てをしてもらえるというと、みんなはすぐに納得した。三十分後、ボクサーは少し回復して、なんとか立ち上がると、足を引きずりながら小屋にもどった。小屋ではクローバーとベンジャミンがボクサーのためにワラでベッドを作っていた。

それから二日間、ボクサーは小屋にいた。豚たちが、バスルームの薬戸棚でみつけたピンクの水薬の大きな瓶を届けにきたので、クローバーはそれを一日に二回、食後にボクサーにのませた。夜、クローバーは小屋で横になってボクサーに話しかけ、ベンジャミンはハエを払ってやった。ボクサーは、こんなことになったが、後悔はしていないといった。元気になったら、あと三年くらいは生きて、大きな牧草地の片すみでのんびり過ごしたいともいった。生まれて初めて、勉強をして頭をよくするというぜいたくができるしな。死ぬまでにアルファベットの残りの二十二文字を覚えるんだ。

ベンジャミンとクローバーは仕事が終わってからでないとボクサーといっしょにいられなかったのだが、荷車がやってきてボクサーを連れていったのは昼日中のことだった。動物たちはみんな豚の監督のもと、カブ畑の草抜きをしていて、農場の建物の方からベンジャミンが全速力で駆けてくるのをみてびっくりした。それも大声でいなないているのだ。これまでベンジャミンがこんなにあわてているのをみた者はひとりもいない。全速力で駆けるのをみた者もいない。「急げ！　急げ！」ベンジャミンは大声で叫んだ。「すぐにこい！　人間がボクサーを連れていく！」豚が何か命令するまえに、動物たちは仕事をやめて小屋の方に走っていった。たしかに、庭に二頭立ての箱形の大きな荷馬車がとめてある。荷車の横には何か書いてある。駆者席《ぎょしゃ》には低い山高帽をかぶったずるそうな顔の男が座っている。ボクサーのいた小屋は空っぽだ。

動物たちは荷馬車のまわりに集まった。「さようなら、ボクサー！」動物たちは口々にいった。「さようなら！」

「ばかやろう！　ばかやろう！」ベンジャミンが叫んであたりを跳ねまわり、小さな蹄で地面を蹴った。「ばかやろう！　あの横に書いてある言葉が読めないのか」

動物たちが口をつぐんで、しんとなった。ミュリエルがその言葉をひとつずつ読み始めたが、ベンジャミンはミュリエルを押し退《の》け、恐ろしいような沈黙のなかで読み上げた。

「『アルフレッド・シモンズ。馬肉処理、膠《にかわ》製造。ウィリンドン。皮革、飼料用骨粉《こっぷん》販売。犬の餌も売ります』これがどういうことかわからないのか。ボクサーはこいつらに連れていかれて、処分されるんだぞ！」

すべての動物が恐怖の叫びをあげた。その瞬間、駆者席の男が二頭の馬に鞭《むち》をくれて荷馬車は

軽やかに庭から出ていった。すべての動物があとを追って、声を限りに叫んだ。クローバーは仲間をかき分けて先頭に立った。荷馬車がスピードを上げ始めた。クローバーは太い脚を必死に動かして全速力で走ったが、あまり速くはない。「ボクサー！」クローバーが叫んだ。「ボクサー！　ボクサー！　ボクサー！」ちょうどそのとき、まるで外の騒ぎがきこえたかのように、荷馬車の後ろの小さな窓に、白い筋の通った鼻面がのぞいた。
「ボクサー！」クローバーが悲痛な声でいった。「ボクサー！　そこから出て！　すぐに出てきて！　でないと、殺されちゃう！」
ほかの動物たちも大声で「出てこい、ボクサー。出てくるんだ！」と叫んだが、すでに荷馬車はスピードを上げて、動物たちを引き離していく。ボクサーがクローバーの言葉を理解したのかどうかはわからない。しかし、次の瞬間、窓からボクサーの顔が消え、荷馬車のなかにすさまじい蹄の音が響きわたった。ボクサーが壁を蹴破って外に出ようとしている。以前のボクサーだったら、二、三度、蹄で蹴飛ばせば、荷馬車はばらばらになっただろう。しかし残念なことに、その力はもうなかった。すぐに、蹄の音は小さくなって消えてしまった。動物たちは、馬車を引いている二頭の馬に、止まるよう必死に呼びかけた。「おおい、おれたちの仲間！　おまえたちの仲間を殺すのに手を貸さないでくれ！」しかし、愚《おろ》かな馬たちは、何が起こっているのかさっぱりわからず、耳を後ろに向けてスピードを上げただけだった。ボクサーの顔が窓からのぞくことは二度となかった。だれかがようやく、木戸まで先回りして横木を五本わたした木戸を閉じてしまえばいいと気づいたが、次の瞬間、荷馬車は木戸を抜け、さっさと道路を走って消えた。それきり、ボクサーの姿をみた者はいない。

三日後、ボクサーはウィリンドンの病院で、馬として最高の手当てを受けたすえに死んだという報告があった。キーキーがやってきて、その知らせを伝えた。ボクサーのそばに数時間いて、最期を看取ったとのことだ。

「あれほど感動的な場に居合わせたことはない！」キーキーはそういいながら、前足を上げて涙をぬぐった。「最期の瞬間、わたしはそこにいた。ボクサーは弱り切って声もろくに出なかった

のだが、この耳に小声でこういった。唯一残念なのは、風車小屋の完成をみることなくいくことだ。『仲間よ、前進せよ！』そう小声でいったのだ。『反乱を合言葉に、前進せよ。動物農場よ、永遠に！　同志ナポレオンよ、永遠に！　ナポレオンは常に正しい』みんな、これが彼の最期の言葉だった」

ここでキーキーの態度ががらりと変わった。一瞬、口をつぐむと、疑わしげに小さな目を右の端《はし》から左の端まで向けたのだ。

ところで、ボクサーが運ばれたとき、愚かで悪意のあるうわさが広まったようだが、とキーキーがいった。仲間のうちの何人かが、ボクサーを連れていった馬車に「馬肉処理」と書いてあるのに気づいて、ボクサーが殺処分にされると早合点したらしい。これほど愚かな動物がいるとはまったく信じがたい。冗談ではない、キーキーは憤然《ふんぜん》と声を張り上げ、尻尾を振り、飛び跳ねながら繰り返した。冗談ではない、敬愛すべき指導者、同志ナポレオンがそのようなことをするはずがない。それくらい、だれでも知っているはずだ。これは簡単に説明がつく。つまり、馬肉処理をやっていた業者の馬車を獣医が買い取ったのだが、看板の文句をそのままにしておいた、それだけのことだ。これがもとで間違ったうわさが広まったというわけだ。

動物たちはそれをきいて心からほっとした。キーキーがさらに、ボクサーが息を引き取ったときの様子について細かく説明し、ボクサーが受けた手厚い看護や、ナポレオンがためらうことな

く支払った高額な薬代について話すと、まだ残っていた不信感も消え、仲間の死の悲しみも、少なくとも幸せに死んだと思って、薄れてしまった。

次の日曜日の朝、ナポレオンが集会に出席し、ボクサーの名誉をたたえる短い演説をして、こういった。われらが哀悼《あいとう》すべき仲間の遺《い》骸《がい》を持ち帰ってこの農場に埋葬することはかなわなかったが、母屋の庭に生えている月桂樹の葉で大きなリースを作って、ボクサーの墓にそなえるよう命令しておいた。数日後には、豚たちでボクサーの追悼《ついとう》の宴会を開くことになっている。ナポレオンは演説を、ボクサーが大好きだった言葉「もっと働く！」と「同志ナポレオンは常に正しい」でしめくくり、諸君もみなこの言葉を胸に刻んでほしいと付け加えた。

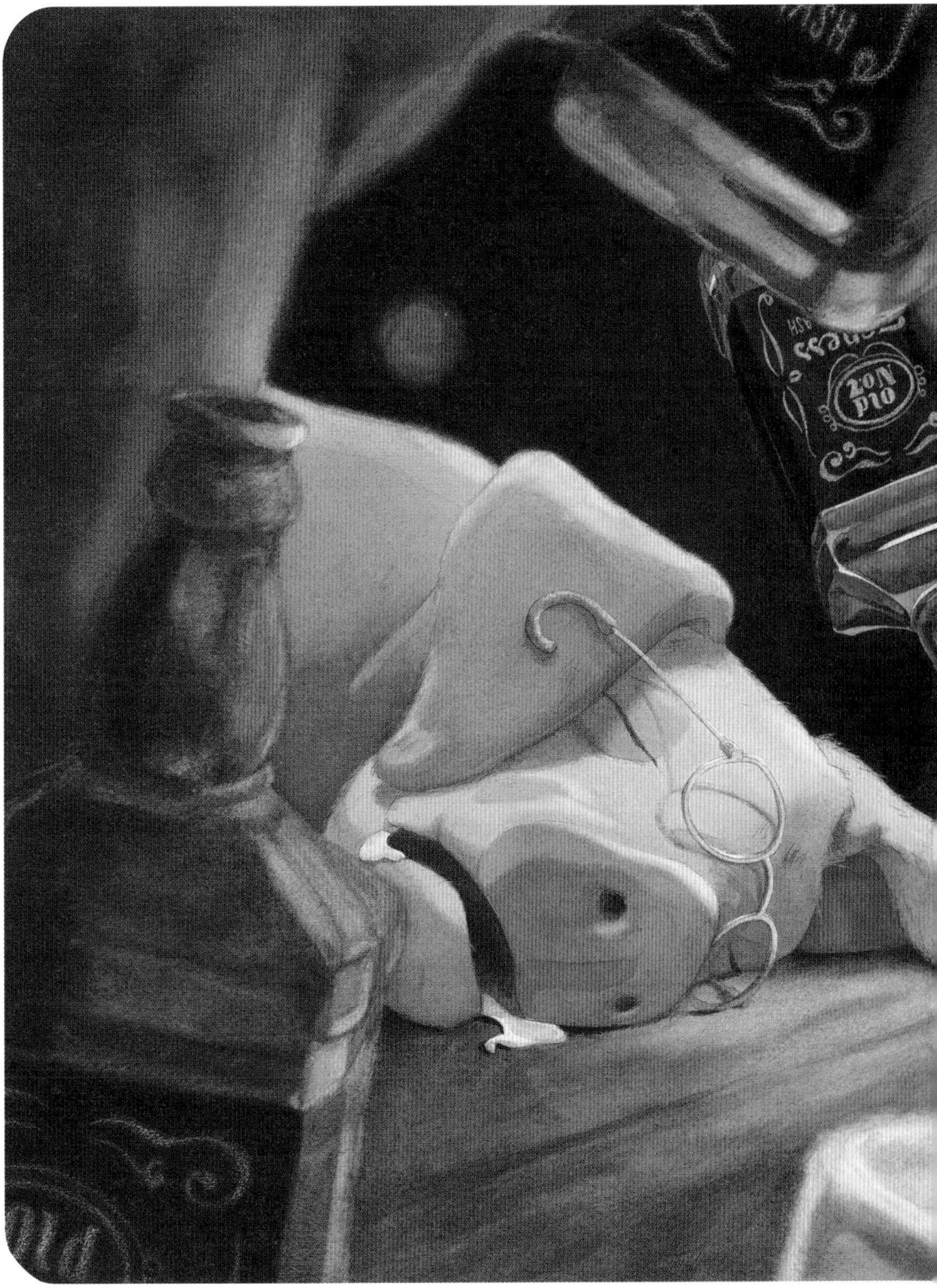

宴会の日、ウィリンドンから食料品店の馬車がやってきて、母屋のまえに大きな木箱を届けた。その晩、吠《ほ》えるような歌声が始まり、そのあと激しいけんかの物音がして、十一時頃、ガラスの割れるすさまじい音でしめくくられた。次の日は昼になるまで、母屋に住んでいる豚はだれひとり起きてこなかった。そして豚たちはウィスキーをひと箱買う金《かね》を手に入れたらしいといううわさが、どこからともなく流れてきた。

第10章

何年かが過ぎた。季節がめぐり、動物たちも短い生を終えて去っていった。そのうち、「反乱」以前の昔の日々を覚えているのはクローバー、ベンジャミン、カラスのモーゼズ、数頭の豚だけになった。

ミュリエルは死に、ブルーベル、ジェシー、ピンチャーが死んだ。ジョーンズも――この地方の別の地区にあるアルコール中毒患者の施設で死んだ。スノーボールは忘れられた。ボクサーはほとんど忘れられたが、まだ覚えている者もいる。クローバーは年をとって太り、関節がこわばって、目はいつも涙っぽい。引退の年をふたつ過ぎていたが、実際には、引退できた動物はひとりも

いない。牧草地の片すみを引退した動物のために取っておくという取り決めは、とっくの昔になくなっていたのだ。ナポレオンは体重百五十キロの巨体になっている。キーキーは太りすぎて目がくぼみ、ろくにまわりがみえない。ベンジャミンだけがあまり変わっていなかったが、鼻面《はなづら》が少し白くなり、ボクサーが死んだせいで、それまで以上に気むずかしく、口数が少なくなった。

いまではほかの動物がたくさんいたが、最初の頃に期待されたほど数は増えていない。多くの動物は、反乱など話でしかきいたことのない親のもとに生まれていて、買われてきた動物は、ここにくるまでそんなことはきいたこともなかった。農場にはいま、クローバーのほかに三頭の馬がいる。外見がよく姿勢もよく、よく働く、よき仲間だったが、とことん頭が悪かった。そろって、アルファベットはBまでしか覚えらない。反乱や動物主義についてもいわれたとおりに覚え、とくにクローバーにいわれたことには疑いを持たなかった。というのも、クローバーを母親のように慕っていたからだ。ただ、教えられたことを十分に理解しているかどうかは疑問だった。

農場は以前より豊かになり、統率もとれてきた。ミスタ・ピルキントンから畑をふたつ買った。風車小屋もようやく無事に完成し、農場には脱穀機《だっこくき》や干し草エレベーターがそなわり、いろんな新しい建物もできた。ミスタ・ウィンパーは自分用に二輪馬車を買った。しかし風車小屋は、結局発電の目的で使われることはなかった。麦を挽《ひ》いて粉にするのに使われていて、それがかなりのもうけになっている。動物たちはもうひとつ風車小屋を建てようと重労働にはげんでい

る。それが完成したら、発電機がすえつけられるというのだ。しかしスノーボールがかつて語った夢、小屋に電灯がついて、湯も水も出るようになり、働くのは週に三日になるというような話はもうだれも口にしない。ナポレオンが、そのような考えは動物主義の精神に反するといって禁止したからだ。本当の幸せは、懸命に働いて、つましく生きることにあるというのだ。

農場は豊かになっていくのに、動物たちは——豚と犬をのぞいてだれも——ちっとも豊かになっていないようにみえた。その原因のひとつは、豚と犬が多すぎることだ。豚や犬がそれなりに働いていないわけではない。キーキーが飽きもせず説明しているように、農場の管理と経営はとんでもなく大変な仕事なのだから。

そしてこの仕事は、ほかの動物は頭が悪くて理解できない。たとえば、キーキーがいうには、豚たちは毎日、「ファイル」「レポート」「メモ」「メモランダム」といったわけのわからないものを作成している。それは大きな紙に文字をびっしり書きこむ仕事で、書き終えたらすぐに焼却炉で燃やしてしまう。この仕事は農場を経営していくうえで最も重要なことなのだ、とキーキーはいう。といっても、豚や犬は食料を作る仕事はしていない。そして数も多い上に、いつも食欲は旺盛だ。

ほかの動物たちにとって生活は、自分たちの知る限り、昔と変わっていない。ほぼいつも腹をすかせて、ワラの上で眠り、池の水を飲んで、畑で働く。冬は寒さに震

え、夏はハエに悩まされる。ときおり年寄りがぼんやりした記憶を揺り起こして、最初、反乱を起こしてジョーンズを追放した頃といまと、どちらの暮らしがよかったのか考えることがあるが、どちらともいえなかった。現在の暮らしぶりと比較するものが何もないのだ。頼りにするものといえばキーキーの数字の表だけで、それによれば、暮らしはどんどんよくなっている。動物たちにこの問題はむずかしすぎた。どちらにしても、そんなことを考える暇もない。ただ年寄りのベンジャミンだけはこういっていた。長い生涯にあったことはすべて細かいところまで覚えているからいうんだが、昔の生活はそれほどよくもなかったし、それほど悪くもなかった、これからも同じで――まあ、空腹と苦役と落胆だ、生きるというのはいまも昔も変わらないんじゃないか。

しかし動物たちは決して希望を失わなかった。そして、一瞬たりとも、ユーモアを忘れず、動物農場の一員だという誇りを持ち続けた。ここはこの国――イギリス全土！――で唯一の、動物が所有し、動物が経営している農場なのだ。ここの住民はみんな、幼い者も、二十キロも三十キロも遠くの農場から買われて新たにやってきた者も、そのことに心から感動していた。そして鉄砲の音をきき、緑の旗が竿《さお》の先ではためくのをみると、誇らしい気持ちで胸がいっぱいになり、昔の英雄たちの日々の話が始まり、ジョーンズの追放、七つの規則、人間たちの侵入を阻止したときの激戦が語られる。かつての夢はすべて語りつがれている。メイジャーが予言した動物たちの共和国——イギリスの緑の畑を人間が踏むことがなくなったときに生まれる——共和国の実現もまだ信じられている。いつの日か、現実のものとなる。いますぐにではないかもしれないし、いまここにいる者たちもみられないかもしれないが、いつか必ず実現する。「イギリスの動物たち」の歌さえ、おそらくひそかにあちこちで歌われているはずだ。多かれ少なかれ、この農場の動物はみんな知っているのだが、声に出して歌おうとしないだけだ。生活は苦しく、希望がすべてかなったわけではないが、自分たちがほかの動物と違うことはわかっている。ひもじくても、それは横暴な人間を食べさせるためではない。少なくとも、自分たちのために働いているのだ。ここの動物は二本足で歩くことはない。ほかのだれかを「ご主人さま」と呼ぶこともない。すべての動物は平等なのだから。

夏も初めのある日、キーキーが羊たちを農場のはずれにある荒地に連れていった。カバの若木がしげっているところで、羊たちは昼間ずっと、キーキーに監視されながら、そこで若木の葉を食べた。夕方になってキーキーはひとりで母屋にもどったのだが、羊たちには、今日は暖かいからここにいるようにと言い置いた。そして一週間、羊はそこで暮らし、ほかの動物たちは羊の姿をいっさい目にしなかった。キーキーは昼間ほとんどいっしょにいた。キーキーは、新しい歌を教えているところだが、こっそり教えなくちゃいけないからといっていた。

羊たちがもどってきた直後——気持ちのいい夕方で、動物たちは仕事を終えて小屋に帰る途中だったのだが――ぞっとするような馬のいななきが母屋の庭からきこえてきた。動物たちはびっくりして立ち止まった。クローバーの声だ。またいななきがきこえた。動物たちは全速力で駆け出し、庭に向かった。そしてクローバーが目にしたものをみた。

豚が一頭、二本足で歩いていたのだ。

キーキーだった。少しあぶなげで、かなり重い体をその格好で支えるのにまだ慣れていないようだ。しかしちゃんとバランスを取りながら、庭をゆっくり歩いている。すぐに、母屋の玄関から豚が長い行列を作って出てきた。全員、後ろ脚で立っている。うまい者もいれば下手な者もいて、一、二頭は少しぎこちなく、ステッキがあった方がよさそうだ。しかし全員、転ぶことなく庭をぐるっと一周してみせた。そして最後、犬の盛大な鳴き声と雄鶏の甲高《かんだか》い鳴き声にこたえるかのように、ナポレオンが二本足で堂々と現れ、尊大な顔で右から左までながめまわした。まわりでは犬たちが飛び跳ねている。

ナポレオンは片手に鞭《むち》を持っている。

あたりが恐ろしいほど静かになった。動物たちは驚き恐れて、身を寄せ合い、豚の長い行列が庭をゆっくり歩いてまわるのをみつめた。世界がひっくり返ったかのようだ。最初のショックがおさまると動物たちは、さすがにこれはおかしいと――犬は恐ろしかったし、長年つちかわれた習性で、何があっても文句はいわず、批判もしないようしつけられてきたにもかかわらず――

何人かが抗議の言葉を口にしようとした。ところが、その瞬間、まるで合図でもあったかのように羊たちがいっせいに鳴き出した。

「四本足よし、二本足もっとよし！　四本足よし、二本足もっとよし！　四本足よし、二本足もっとよし！」

これが途切れることなく五分間続いた。羊たちが静かになる頃には、抗議の声をあげる機会はなくなっていた。豚たちは母屋にもどってしまったのだ。

ベンジャミンは肩にだれかが鼻面を押しつけるのを感じた。振り返ると、クローバーだった。年のせいで目はますますかすんでいるようだ。クローバーは何もいわず、ベンジャミンのたてがみを嚙《か》んで引っぱり、大きな納屋《なや》の端《はし》まで連れていった。そこには七つの規則が書かれている。一

分間ほど、二頭は黒のタールで塗られた壁に書かれた白い文字をみつめていた。

「目がますますみえなくなってきてて」そのうちクローバーがいった。「若いときでさえ、ここに書かれていることが読めなかったんだけど、なんだか、違うような気がするの。ベンジャミン、この七つの規則は昔のままだと思う？」

このときベンジャミンは初めて自分で決めた規則を破ることにして、壁に書かれている文を読み上げた。そこにはもう、規則はひとつしかなかった。

すべての動物は平等であるが
ある種の動物はほかの動物よりも平等である。

こんなことがあり、次の日、農場の作業を管理

している豚たちが手に鞭を持っているのをおかしいと思う者はいなかった。豚が無線機を買ったり、電話を取りつけたり、『ジョン・ブル』や『ティット・ビット』や『デイリー・ミラー』といった新聞や雑誌を定期購読するのをおかしいと思う者もいない。ナポレオンが母屋の庭で口にパイプをくわえて歩くのも——いや、豚たちがミスタ・ジョーンズの服をワードローブから出して着るのも、ナポレオンが黒のジャケットにハンティング用の半ズボンに革のゲートルという格好で、ナポレオンのお気に入りの雌豚がミセス・ジョーンズが日曜日に着ていたシルクの波模様のドレスを着ているのも、おかしいと思う者はいなかった。

一週間後のある日の午後、何台もの二輪馬車が農場にやってきた。このあたりの農場主の代表が見学にやってきたのだ。一行は農場をすみずみまでみてまわり、目にしたものひとつひとつにとても感心して、とくに風車小屋には目を丸くした。動物たちはカブ畑の草取りをしているところだった。みんな黙々と働き、うつむいたまま顔を上げることはなく、豚と人間とどちらが恐ろしいだろうと考えるばかりだった。

その日の夕方、ばか笑いと大きな歌声が母屋からきこえてきた。いろんな声が交じり合っている。動物たちはじっとしていられなくなった。いったいどうなっているんだろう。あそこで何が起こっているんだろう。初めて動物と人間が対等につき合っているのだろうか。動物たちはそろって、なるべく音を立てないように母屋の庭に近づいていった。

門のところで立ち止まった。そのまま進むのが怖い気がしたのだ。しかしクローバーが先頭に立った。こうしてこっそり家まで近づくと、背の高い動物がダイニングルームの窓からなかをのぞいた。そこでは、長テーブルを囲んで、農場主が五、六人と偉い豚が五、六頭座り、ナポレオンが奥の一番いい席に座っていた。豚たちは椅子でくつろいでいる。それまでやっていたトランプをちょうど中断したところで、これから乾杯をするらしい。大きなピッチャーをまわして、ジョッキにビールを注ぎ足している。窓からのぞきこんで首をかしげている動物には、だれひとり気づいていない。

フォックスウッド農場のミスタ・ピルキ

ントンが立ち上がって、片手にジョッキを持っている。ここでちょっと、とミスタ・ピルキントンは口を開いた。ごいっしょに乾杯をしたいと思います。ですが、そのまえに、少しばかりいっておきたいことがあります。

わたくしは――もちろん、ほかのみなさんも同じ気持ちだと思うのですが――長年にわたる不信と誤解の時代が今日ようやく終わったことを心からうれしく思います。かつて――わたくしや、ここにいらっしゃるみなさんは決してそのようなことはなかったのですが――この動物農場の所有者の方々を、敵意とまではいいませんが、ある種の疑念を持って近隣の人間がみていた時代がありました。不幸な事件がいくつか起こり、誤った考えが広まりました。豚が所有し運営する農場の存在はなんとなく不自然で、近辺の動物たちを動揺させるのではないかと思われたのです。多くの農場主はろくな調査もせず、そのような農場は無秩序と無規律の温床《おんしょう》となると考えました。自分たちの飼っている動物だけでなく、雇っている人間にまで悪影響を与えるのではないかと不安になったのです。しかしそのような疑念は一切なくなりました。今日、わたしは友人たちとともに、この動物農場を訪れ、すみからすみまでみてまわったのですが、目を疑ってしまいました。最新の技術を取り入れているだけでなく、あらゆる場所の農場主が手本にすべき規律と秩序がここにあるのです。こういって間違いないでしょう。つまり、動物農場の下層の動物たちは、この国のどんな動物よりも少ない食料で、この国のどんな動物よりもよく働いている。事実、わたくしも、わたくしの仲間も、われわれの農場にすぐにでも採用したいことをいくつも今日、みせていただきました。

このあいさつをしめくくるにあたり、もう一度、この動物農場と近隣の農場との間に続いてきた、そしてこれからも続いていくであろう友好的な気持ちを強調しておきたいと思います。豚と人間の間には、利害をめぐる衝突など一度もなかったし、あり得るはずもないのです。双方が抱えている苦悩と困難はまったく同じなのですから。労働問題というのは、どこでも同じではありませんか。ミスタ・ピルキントンはここで、念入りに仕込んできた気のきいた科白《せりふ》をいうつもりだったのだが、一瞬、自分で笑ってしまって言葉が続かなかった。何度も笑いを押さえようとするうちに何重にもなったあごがまっ赤になり、そのうちようやくこういった。「あなたがたの敵は下層の動物たちで」ミスタ・ピルキントンはいった。「わたくしたちの敵は下層階級なのです！」この言葉をきいて、まわりがどっとわいた。ミスタ・ピルキントンはもう一度、豚を賞賛した。配給する食料が少なく、労働時間が長く、下層の動物を甘やかすことがまったくない、動物農場は素晴らしい。

そしてようやく、全員に、どうぞご起立を、ジョッキにビールは入っていますかといってから、こうしめくくった。「みなさま、動物農場のますますの発展を祈って、乾杯！」

威勢のいい乾杯の声があがり、足を踏み鳴らす音が響いた。ナポレオンは大満足で、席を立つとテーブルをまわってミスタ・ピルキントンのところにいき、ジョッキにジョッキを軽くぶつけてビールを飲みほした。歓声がおさまると、今度はナポレオンが二本足で立ったまま、わたしも少し話をさせてほしいといった。

ナポレオンの演説はいつも短く要を得ている。わたしもまた、誤解の時代が終わったことを心からうれしく思っています。じつに長い間、うわさが――悪意のある敵によって流布《るふ》されたものだという証拠はつかんでいるのですが――飛び交いました。わたしやわたしの同胞の考えが破壊的で革命的であるというのです。そして近隣の農場の動物たちを、反乱を起こすようそそのかしているというのです。事実無根というほかありません！ われわれが心から願っているのは、いまも昔も、近隣の方々と友好的に暮らし、ごく普通の商業的な取引を続けることなのです。この農場は幸いわたしが運営しているのですが、共同経営の形をとっていて、わたしの所有している権利証書はほかの豚たちとの共同名義になっています。

昔の疑念など何ひとつ残ってはいないと思いますが、つい最近この農場で昔から受け継がれてきた伝統をいくつか変更することにしました。そうすることによって、さらなる信頼を得られると考えたからです。いままでこの農場の動物はお互いを「同志」と呼ぶというじつに愚《おろ》かな慣習に従ってきたのですが、これを廃止します。もうひとつ奇妙な習慣がありまして、起源は定かではないのですが、これは毎日曜日の朝、庭の切り株に置いてある雄豚の頭蓋骨《ずがいこつ》の前で行進をする

というものです。これも廃止します。その頭蓋骨はすでに埋めてしまいました。またみなさんもごらんになったかもしれませんが、旗竿《はたざお》には緑の旗がかかげてあります。もしごらんになっていれば、以前あれに描かれていた白い蹄《ひづめ》と角がなくなっていることに気づかれたかと思います。これからはなんの模様もない緑の旗にします。

僭越《せんえつ》ではありますが、ミスタ・ピルキントンの素晴らしく友好的なお言葉に一点だけ訂正をお願いしたい。さきほどのお話のなかで、「動物農場」とおっしゃいました。ご存じないのも当然といえば当然で——というのも、このナポレオンがいま、初めてご報告するのですから——「動物農場」という名前は廃止しました。今後、この農場は「お屋敷農場」とします。なぜなら、これこそこの農場にふさわしい元々の名前だからです。

「みなさん」ナポレオンはしめくくりの言葉を述べた。「さっきと同じように、ここで乾杯をしたいと思いますが、少し言葉をかえて行いたいと思います。どうぞ、ビールをジョッキの縁まで注いでください。よろしいですか。では、『お屋敷農場』のますますの発展を祈って、乾杯！」
　前回と同じ大きな歓声があがって、ビールが飲みほされた。ところが外から同じ情景をながめていた動物たちは、何か妙なことが起こっているような気がしていた。豚たちの顔が変わってきたようにみえるのだ。クローバーは老いてぼやけてきた目でひとつひとつ顔を確かめてみた。五重あごの者もいれば、四重あごの者もいれば、三重あごの者もいる。しかしどの顔も溶けて変わっていくようにみえる。そのうち、拍手がやみ、トランプのゲームの続きが始まり、外にいた動物たちはこっそりいなくなった。

しかし動物たちは二十メートルほどいったところで、ぎょっとして立ち止まった。母屋からすさまじい怒鳴り声がきこえてきたのだ。動物たちは駆けもどって、もう一度窓からなかをのぞいてみた。なんと、すごいけんかが始まっていた。叫び声、テーブルをたたく音、猜疑心《さいぎしん》に満ちたにらみ合い、相手のいったことを否定する激しい言葉のやりとり。そもそもの原因は、ナポレオンとミスタ・ピルキントンが同時にスペードのエースを切ったことらしい。

怒鳴り合う十二の声は、どれも同じようにきこえる。豚たちの顔の変化はもう疑いようがない。外の動物たちは、豚をみて人間をみて、人間をみて豚をみて、また豚をみて人間をみたのだが、どちらがどちらなのか、さっぱりわからなかったのだ。

おわり

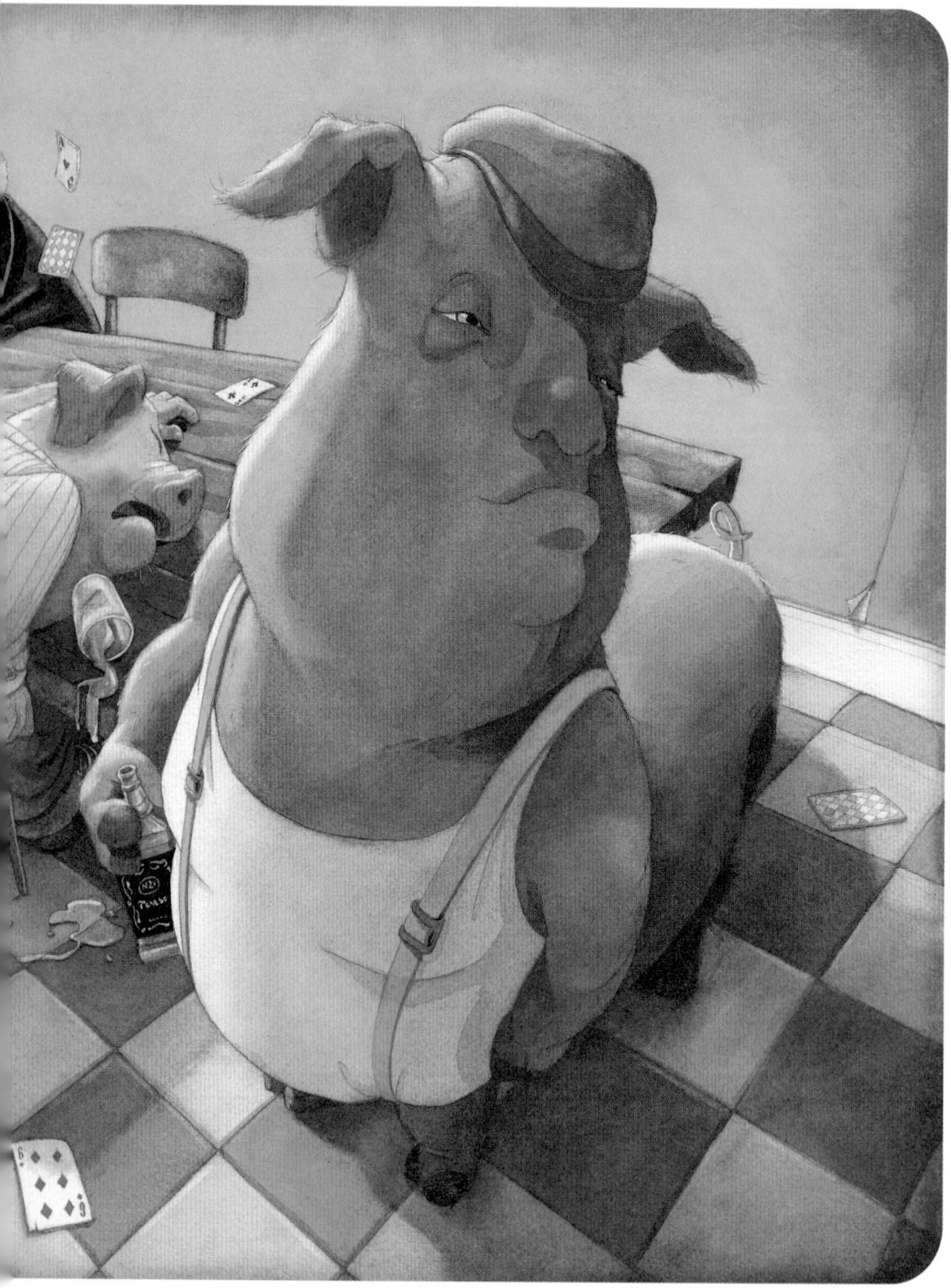

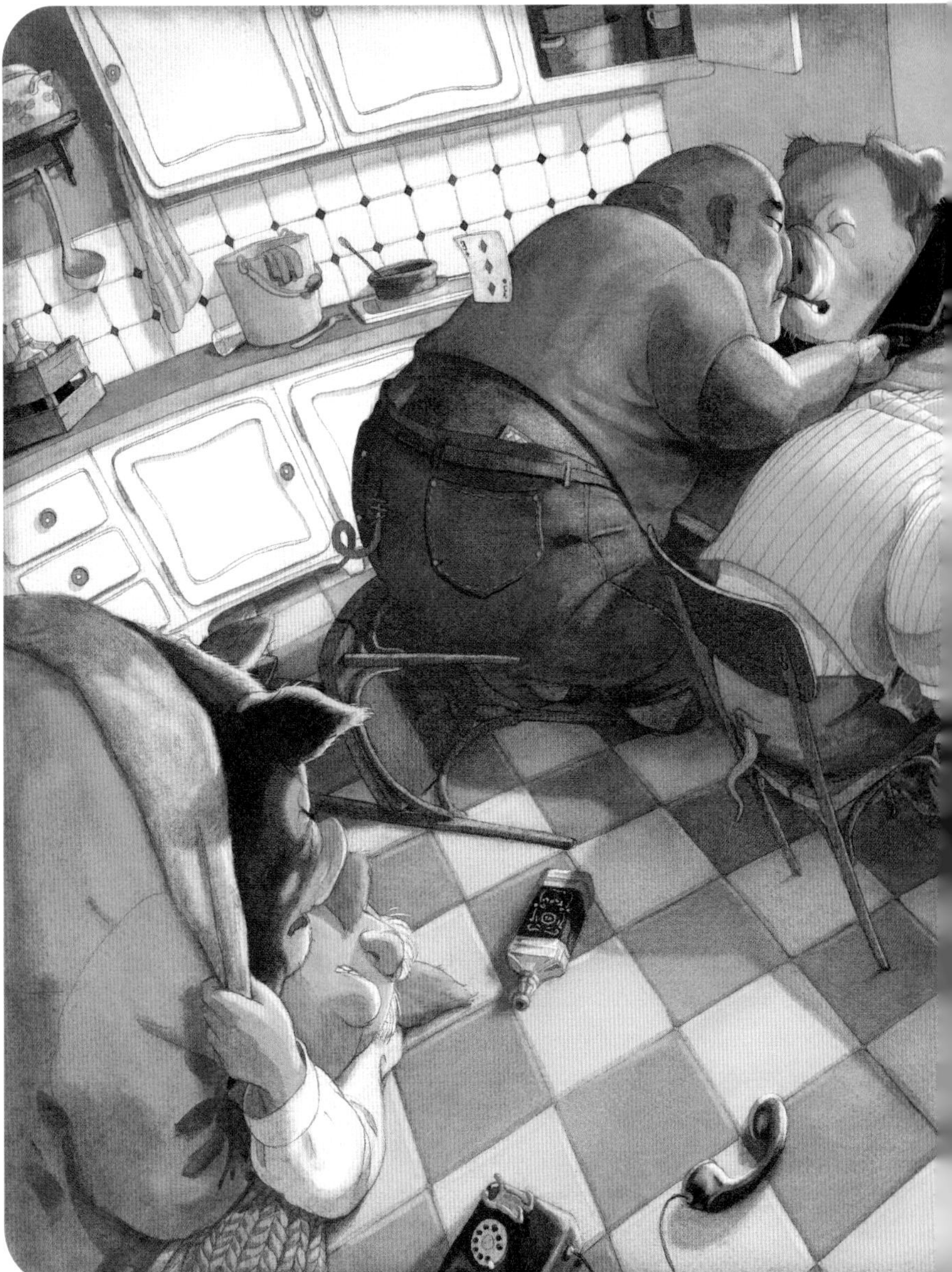

訳者あとがき

『絵物語　動物農場』の原文は、ジョージ・オーウェルの *Animal Farm: A Fairy Story* です。

農場で飼われている動物たちが、あまりに飼い主の扱いがひどいので反乱を起こし、なんと、勝ってしまう。そして自分たちの決まりを作って、それに従って動物の小さな国を作っていくけれど、豚たちが自分たちに都合のいいように決まりを変えていって、ついに……という風な話です。

とても読みやすく、わかりやすい小説で、人間たちへの反乱、人間たちの仕返し、風車建設という大事業など、次々にいろんな難題がふりかかってくるなか、動物たちは必死に戦い、懸命に働きます。それは、人間にこき使われていた過去には絶対にもどりたくないからです。ところが、豚たちのいうがままになっていくうちに疲れ果て、やがて、仲間がささいなことで殺されていく……。

希望の新世界に向かって一致団結して人間と戦った動物たちは最後、じつに奇妙で、皮肉な場面をみせつけられることになります。

作者のジョージ・オーウェルがこれを出版したのは一九四五年。第二次世界大戦が終わった年です。このとき、オーウェルの頭にあったのは、ソビエト社会主義共和国連邦（簡単に、「ソビエト連邦」とか「ソビエト」とか「ソ連」と呼ばれています）の歴史を動物を主人公にした寓話にまとめることができないかということでした。

一九一七年、それまでロシアという大国を支配してきた皇帝に反発して農民や労働者や兵士が反乱を起こし、自分たちの国を作ろうとしてなんと、成功します。そしてソビエト連邦という国が誕生するのです。いわゆる「ロシア革命」です。このときの指導者がレーニン。ところがその後、スターリンという指導者が実権を握って独裁者となり、ソビエト連邦を自由のない全体主義的な国にしてしまい、自分に敵対する人々や自分に都合の悪い人々を徹底的に弾圧し、排除し、ときには処刑するようになるのです。

いうまでもなくこのスターリンが『動物農場』のナポレオンです。そしてみんなといっしょに飼い主への反乱の先頭に立った指導者スノーボールは、レーニンの死後、スターリンのライバルとなったトロツキーだといわれています。トロツキーはソビエト連邦から追放され、メキシコで暗殺されます。

ジョージ・オーウェルはそういうソビエト連邦の歴史を驚くほどうまく、動物物語に仕上げました。この『動物農場』が初めて出版されてから、ずっと読み継がれ、いまでも多くの国で翻訳が出ているのも当然でしょう。

しかし、ひとつ注意してほしいのは、ジョージ・オーウェルは社会主義や共産主義を批判しているのではないということです。それどころか、彼は死ぬまで、心から社会改革を求める社会主義者でした。

オーウェルはイギリスの中産階級の家に生まれて、成績が優秀だったので有名なパブリックスクール（寄宿制の私立の中高一貫校）に授業料を減免してもらって進学しますが、結局、大学にはいかず、ビルマ（いまのミャンマー）のインド帝国警察で警察官として働くことになります。ところが、植民地における大英帝国の横暴さに嫌気がさして帰国。その後、パリやロンドンを放浪してとことん貧しい生活を経験したのち、それをもとに『パリ・ロンドンどん底生活』というノンフィクションを書きました。また、『ウィガン波止場への道』という作品では、炭鉱労働者の悲惨な暮らしをリアルに描いています。

オーウェルはそんな経験を経て、帝国主義や資本主義の社会で、立場の弱い人々や貧しい人々が徹底的に、動物のように搾取され、しいたげられているのを知り、ひと握りの特権を持つ国や人々がいかに残酷な社会を作っているかを知ることになるのです。オーウェルは『動物農場』で動物にたくして、人間がどんなに非道で残酷になれるかを描き、そんな人間が支配するようになった世界の恐ろしさを伝えています。

オーウェルはソビエト連邦をモデルにこの作品を書いたのですが、それはソビエト連邦の歴史や当時のソビエト連邦の事情を批判的に書きたかっただけでなく、資本主義社会のなかでもこういうことは起こりうるということを書きたかったのだと思います。

いや、それどころか、オーウェルは、どんな社会においても、それを人間が作っている限り、この悲喜劇は生まれうるといいたかったのもしれません。というのも、この作品では、どこかおかしいと思ってもすぐにそれを忘れて、支配者のいうがままになってしまう人間の愚《おろ》かさも描かれているからです。この小説に登場する豚や犬以外の動物は、みんなそういう弱さを持っています。彼らには自分たちの生きている社会がみえていないのです。オーウェルはそういった人々に、この不平等な状況に怒って立ち上がれと訴えているのでしょう。

『動物農場』を読んで、オーウェルの作品っておもしろいなと思った方はぜひ、『1984』も読んでみてください。似たテーマが、今度は人間の世界でリアルに展開していきます。

表紙やイラストを描いているカンタン・グレバンはベルギーの絵本作家、イラストレーターで、日本でも大人気です。ファンタスティックでかわいい作品が多いのですが、今回はこれまでの作風とは少し雰囲気が違います。子どもだけでなく、大人の読者も意識して、ユーモラスな場面はユーモラスに、しかし不気味な場面や怖い場面もしっかり描いています。後半、風車が吹き飛ばされるところや、そのあとの展開は見事です。ジョージ・オーウェルもこれをみれば、にやっと笑うに違いありません。

最後になりましたが、この本の翻訳を依頼して文章を整えてくださった編集の荒川佳織さん、原文とのつきあわせをしてくださった野沢佳織さんに心からの感謝を！

二〇二三年六月二十五日　　金原瑞人

著者

ジョージ・オーウェル

George Orwell

(1903〜1950)

1903年、イギリス領インドのベンガルに生まれる。イギリスの名門イートン校で学び、その後、ビルマ(現ミャンマー)で警察官として勤務。やがて職を辞し、数年間の放浪を経て作家となる。ルポタージュ『パリ・ロンドンどん底生活』(1933)、小説『ビルマの日々』(1934)、『ウィガン波止場への道』(1936)を発表後、スペイン内戦に共和側として参加し、1938年に『カタロニア讃歌』を著す。第二次世界大戦中はBBC(イギリス放送協会)に勤務し、1945年にスターリン体制を戯画化した『動物農場』がベストセラーとなる。1949年、長篇未来小説『1984』を発表。文学のみならず、20世紀の思想、政治に大きな影響を与えた。

訳者

金原瑞人

Mizuhito Kanehara

1954年岡山市生まれ。法政大学教授・翻訳家。訳書は児童書、ヤングアダルト小説、一般書、ノンフィクションなど600点以上。訳書に『豚の死なない日』『青空のむこう』『国のない男』『不思議を売る男』〈パーシー・ジャクソン・シリーズ〉『さよならを待つふたりのために』『月と六ペンス』『文学効能事典』『このサンドイッチ、マヨネーズ忘れてる／ハプワース16、1924年』など。エッセイ集に『翻訳家じゃなくてカレー屋になるはずだった』『サリンジャーに、マティーニを教わった』『翻訳はめぐる』など。監修に『今すぐ読みたい! 10代のためのYAブックガイド150!』『12歳からの読書案内』など。日本の古典の翻案に『雨月物語』『仮名手本忠臣蔵』など。創作に『ジョン万次郎』。http://www.kanehara.jp

---

画家

カンタン・グレバン

Quentin Gréban

1977年ブリュッセル生まれ。ベルギーで活躍する絵本作家。ブリュッセルのサン・リュック美術学院で学び、卒業後すぐにデビュー作となる絵本を出版。以来、子どものためのお話から古典の名作まで幅広くイラストを手がけ、ボローニャ国際児童書展で何度も入選。世界中で著書が翻訳出版され、親しまれている。邦訳に『カプチーヌ』『ウルフさんのやさい畑』『オルガの世界一周』『おやゆびひめ』『ナイチンゲール』『ママン 世界中の母のきもち』など。

絵物語

動物農場

（新訳版）

2023年10月12日　初版第1刷発行

著 者　　ジョージ・オーウェル
訳 者　　金原瑞人
画 家　　カンタン・グレバン
装幀・本文デザイン　八田さつき
コーディネート　大浜千尋
校 正　　聚珍社
編集協力　野沢佳織
編 集　　荒川佳織

発行人　　三芳寛要
発行元　　株式会社 パイ インターナショナル
〒170-0005　東京都豊島区南大塚2-32-4
TEL 03-3944-3981　FAX 03-5395-4830　sales@pie.co.jp
印刷・製本　シナノ印刷株式会社

ISBN978-4-7562-5560-0　C0097
Printed in Japan

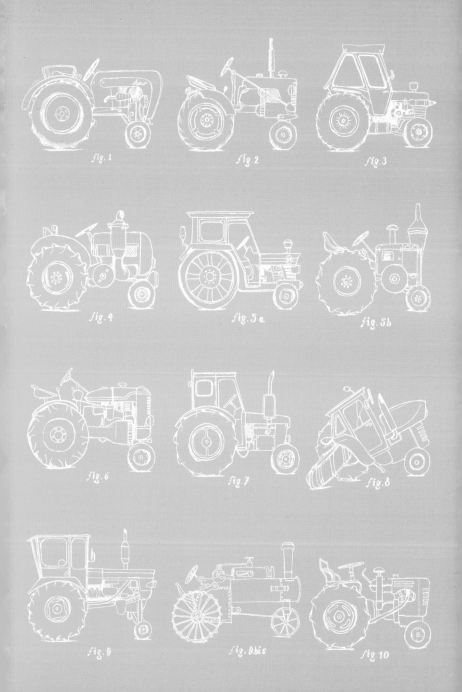

fig. 1

fig. 2

fig. 3

fig. 4

fig. 5 a

fig. 5b

fig. 6

fig. 7

fig. 8

fig. 9

fig. 9bis

fig. 10